たまごの旅人

近藤史恵

実業之日本社

目　次

たまごの旅人

装画　獄まいこ
装幀　成見紀子

1 st trip

たまごの旅人

どう？　アイスランドは楽しい？　オーロラは見られた？

わたしもいつか、そんな遠くに行ける日がくるのかなあ。

遥《はるか》はすごいと思う。昔からそうだった。やりたいことがはっきりしていて、目標があって、それに向かって頑張っていたんだもの。

夢に向かって突っ走る遥のことがいつもまぶしかった。

わたしはいつも、行き当たりばったりで、なにも考えていなかったけど、そんな遥を見ていて、自分もちゃんとしなきゃなって思ったもの。

帰ってきたら、一緒にごはんを食べに行こうね。アイスランドの話を聞かせてね。


幼なじみで親友の千雪《ちゆき》から、昨日届いたメッセージを思い出す。

彼女はいつも優しくて、わたしを励ましてくれる。

留学を決めたときも、今の仕事を始めるときも、不安でいっぱいの中、わたしを励ましてくれた。

でも、夢や目標って、いったいなんなのだろう。それに向かって走った結果、なぜ、わたしはこんな日本から遠い場所で、柔らかすぎてぐちゃぐちゃのごはんを前に泣きそうになっているのだろうか。


思い返せば、子供の頃から、遠くの世界に憧れていた。

日本の絵本よりも、圧倒的に外国の絵本の方が好きだったし、世界のどこかに行くテレビ番組があれば、かならずテレビの一番前に陣取って、真剣に見た。

なぜ、自分がそんなふうに育ったのかはわからない。うちの両親はふたりとも中学校の教師だったが、海外どころか、旅行にすらあまり興味がなかった。なぜ、両親がわたしに「遥」という名前を付けたのかわからない。

中学と高校は私立学校に行ったから、クラスメイトには海外に住んだことがある人や、夏休みに海外旅行に行く人が多かった。

佐奈恵《さなえ》は、小学生の時、カナダに住んでいたと言っていたし、千雪は、夏休みにパリに住む叔母《おば》さんの家に行くのだと言っていた。重幸《しげゆき》くんは、父親がシンガポールに単身赴任していて、休みの時はそちらで過ごすのだと言っていた。

にこにこ笑って、クラスメイトの話を聞きながら、わたしの心は嫉妬で荒れ狂いそうだった。うらやましい。不公平だ。

わたしなんて、祖父母も近くに住んでいるから、夏休みや冬休みだって家で過ごしているのに。

今になって考えれば、自分が決して不幸なわけではなかったことは理解できる。両親のことも恨んでいるわけではない。両親は教育費以外にはかなりの締まり屋だったが、その分、私立の学校や塾などにはお金を惜しまなかった。

世の中にはもっと困難な状況にいる人がいて、わたしのそのときの悩みなんて、本当に小さなことだ。

だが、当時のわたしは子供だったし、友達が経験していることを経験できないことが寂しかったのだ。

習い事だって、小学校の時から英会話スクールに行きたいとずっと言っていたのに、体育教師である父親の意向で、ひたすらスイミングスクールに通わされた。

高校のとき、夏休みに希望者だけが行く、海外ホームステイのプログラムがあったので、母親にねだってみたが、即座に却下された。

そんなとき、旅行添乗員という仕事があることを知ったのだ。

仕事として、世界のあちこちに行けるというだけで、胸が躍った。海外で働くという考えもないわけではなかったが、そちらの方はどうすればいいのか全然わからなかった。

旅行添乗員なら、就職先は日本の旅行会社だ。

それならわたしにもできるはずだ。体力が必要な仕事であることは想像がついたが、幸い、小学生からのスイミングスクール通いで、人より体力はある方だ。

大学も外国語大のスペイン語学科に通い、英語とスペイン語はそこそこ喋《しゃべ》れるくらいまで勉強した。

就職活動をするときになって、はじめて旅行添乗員のほとんどが派遣社員であることを知ったが、そこに躊躇《ちゅうちょ》はなかった。

どうしても、旅を仕事にしたかったのだ。

たぶん、そのときのわたしには現実が見えていなかったのだ。


エコノミークラスの座席で、わたしは資料を何度も読み返していた。日本時間では完全に夜なのに、緊張しすぎて、少しも眠くない。

旅行添乗員としての、はじめての旅なのだから、無理もないかもしれない。

海外旅行そのものは、さすがにはじめてではない。高校生の時、家族で台湾《たいわん》に行ったし、大学に入ってから、一年間のアルゼンチン留学も経験した。留学中にはチリとペルーに旅をした。卒業旅行で、フランスイタリアスペイン十日間という駆け足の旅も経験したし、研修でシンガポールとモロッコにも行った。

多少は旅行の経験も積んだと思ってはいるが、仕事で行くのは全然違う。九人ものお客様を案内し、なんのトラブルもなく旅行を終えて、日本まで帰らなければならない。

しかも、目的地はアイスランド。スペイン語という特技があるし、南米かスペインではないかと予想していたが、まったく違った。行ったこともなく、興味さえなかった国に行くことになってしまった。

「堀田《ほった》ちゃん。アイスランドは当たりよ。英語は通じるし、ごはんは美味《おい》しいし、合理的にデジタル化されてるし、はじめてでも大変じゃないと思うよ」

そう言ってくれたのは、研修を担当してくれた先輩添乗員の黒木《くろき》さんだった。研修中、わたしがどんなにミスをしても、にこにこ対応してくれた人で、どれほど助けられたかわからない。

「黒木さんは最初はどこだったんですかあ……」

半べそのような声でそう尋ねると、黒木さんは首を傾《かし》げた。

「えーと、ハワイかな？」

ハワイの方が絶対当たりだと思う。行ったことないけど。

出発の三週間前、添乗するツアーが決まってから、必死に下調べをした。アイスランドは天気が変わりやすく、雨具が必須だと聞いて、山用のレインコートとレインパンツを買った。こういうものも会社に請求できるわけはなく、つまりは自腹である。この先、またアイスランドや雨の多いところに行くことがあれば使えるが、新人としては痛い。

　防水トレッキングシューズだけはアルゼンチンで買ったものがあったので、それをそのまま使うことにした。

「まあ、アイスランドは、レイキャビクのおしゃれレストランでもトレッキングシューズで入っていいから楽よ。オーストリアで、アルプスを歩いたあと、ウィーンでオペラ鑑賞ってツアーなら、山歩き用とオペラ用のフォーマルと両方必要だから」

　黒木さんはそんなことを言った。合理的なのは、厳しい天候の土地だからだろうか。

　九月のアイスランドは最低気温が六度くらいで最高気温は十度くらい。まだ夏日がときどきある日本から行くと、風邪を引いてしまいそうではある。

　不安になっていても仕方がない。多少の要望は出せるものの、基本的には添乗員は添乗するツアーは選べない。決まってしまえば行くしかないのだ。

　わたしはもう一度、ツアー参加者の名簿を確認した。

　搭乗前に顔を合わせて、だいたいの名前と顔を頭に入れたつもりだが、念には念を入れなければならない。

　七十代のご夫婦は高橋《たかはし》さん、六十代のご夫婦は森木《もりき》さん、五十代の姉妹で参加しているのが橋元《はしもと》さんと梶田《かじた》さん、三十代の女性ふたり連れが、清原《きよはら》さんと江田《えだ》さん、そして同じく三十代男性のひとり旅が、諸岡《もろおか》さんだ。

ヘルシンキ、ヴァンター空港での乗り継ぎは一時間しかない。しかも、アイスランドはシェンゲン協定加盟国なので、パスポートチェックもあるのだ。

ヴァンター空港ははじめてだから、空港の案内図を頭にたたき込む。ヴァンター空港がはじめてだとか、アイスランドがはじめてだとかは、絶対に参加者には悟られてはならない。

ましてや、ひとりでの添乗がはじめてだなんて。

「添乗員さん、何度目の旅行ですか？」などと聞かれないことを祈る。嘘《うそ》をつくのは苦手なのだ。

機内アナウンスが着陸態勢に入ったことを知らせる。

ヘルシンキからアイスランドまでの間は、少しくらい眠りたい。レイキャビクに到着して終わりではない。夕食とオーロラ観賞ツアーに参加者を案内しなければならないのだ。

旅程は一週間だがアイスランドに滞在するのは四泊五日。つまり、オーロラを見るチャンスは四回しかない。到着日だって、無駄にできないのだ。

天候が悪ければ、オーロラを見られないことだってありえるし、それはわたしのせいではないのだが、旅の満足感には大きな影響があるはずで、つまりはわたしへの評価にも関わってくる話なのだ。

そろそろセキュリティベルト着用の指示が出る頃だろう。わたしはファイルをリュックにしまって、前の座席の下に入れた。

身体《からだ》を起こしたとき、背の高い女性が通路を前から歩いてくるのが見えた。

わたしは息を呑《の》む。まさに、彼女だった。

八年ぶりだが、忘れるはずなどない。忘れたことなどない。長かった髪がショートカットになっているが、外見はほとんど変わらず若々しい。

声をかけようとしたとき、ベルト着用のサインがついた。わたしは立ち上がりかけた腰をシートに納めて、ベルトを締めた。

飛行機の中でばったり会うこと自体はありえる偶然だ。彼女も旅行添乗員なのだから。

彼女はどこに行くのだろう。ヴァンター空港はヨーロッパのハブ空港だから、各国への乗り継ぎ便が出ている。アイスランドに向かう確率はかなり低い。

だとすれば、この先、話をする機会はない。

なぜ、もう少し早く、同じ飛行機に乗っていることに気づかなかったのだろう。

わたしは小さくためいきをついた。

せめてひとことだけでもお礼が言いたかった。


飛行機が着陸すると同時に、わたしは自分の頬を両手で叩《たた》いて、気合いを入れた。乗り継ぎの案内に失敗するとダメージが大きい。

ツアー参加者よりも一足先に出られるように、座席は前の方を取ってある。ショルダーバッグとリュックを背負って、飛行機を降りた。広い通路に出たところで、参加者を待つ。

清原さんと江田さんが楽しそうに歩いてくる。若い人たちは長時間のフライトでも問題ないだろう。心配なのは、比較的高齢の高橋夫妻だ。

森木夫妻が出てくる。妻の礼子《れいこ》さんが、少し青い顔をしているのが気になった。高橋夫妻は元気そうだ。旅慣れているのかもしれない。

「みなさん、体調はいかがですか？　これから乗り継ぎです。時間があまりありませんので、はぐれないようについてきてくださいね」

なるべく明るい声を出して、ツアーの旗を揚げる。

歩きながら、礼子さんに声をかけた。

「大丈夫ですか？　お疲れではないですか？」

彼女は、はあっとためいきをついた。

「少しも眠れなくて。隣は体格のいい外国人の男性だし……」

こんな場合、どう答えるのが正解なのだろう。添乗員は謝るのが仕事だと言われたが、だが、隣に体格のいい人がきたのは、誰も悪いことではない。わたしは一瞬でいろいろ考えて、「それはお疲れでしょう」と答えた。

正解だったのかどうかわからないまま、シェンゲン協定加盟国内に入る手続きをする。こちらは団体窓口なので、スムーズに終わった。

ヴァンター空港は広いが、比較的わかりやすい。ヨーロッパ十日間の旅は、フランクフルト空港での乗り継ぎだったのだが、広い上に複雑な構造で怖いほどだった。職員が空港の建物内を自転車で走っていたことを覚えている。

レイキャビクへの乗り継ぎ便は、空港の端の方だった。後ろを振り返りながら、ひたすら歩き、なんとか搭乗時間の二十分前に到着する。

だが、搭乗口の前にきて、わたしは困惑した。椅子が少ししかなくて、ほとんど埋まっている。

案の定、参加者の間からは不満の声が出始めた。

「座れないの？」

「椅子、なんでこんなに少ないの？」

わたしは笑顔を作って振り返った。

「少しだけですから、このままお待ちいただけますか？　立つのがつらいほどお疲れの方はいらっしゃいますか？」

「まだ搭乗時間まで二十分もあるじゃないの。そんなことなら途中の椅子のあるところで休ませてくれればよかったのに」

そう言ったのは森木礼子さんだった。

もし、わたしがあらゆる空港の、あらゆる搭乗口の椅子の数を把握していたら、そうできたかもしれない。だが、そんなスーパー添乗員に最初からなれるはずはない。

わたしは、笑顔をキープしながら、彼女に言った。

「あそこにカフェがありますよね。あそこなら座れると思います。搭乗時間が近づいたら、お迎えにあがりますんで」

森木夫妻はためいきをつきながら、カフェの方に歩いて行った。百メートルほどしか離れていないから、走れば速攻で迎えに行けるだろう。

正直、少しムッとした。椅子がないのはわたしの責任ではないし、それをあらかじめ知るのなんて無理だ。

だが、クレームをはっきり口に出す人がいることは、悪いことばかりではない。クレームを言わない人でも、同じ不満は抱えている。誰かが言ってくれることで、ガス抜きにもなるし、わたしも次回から気をつける。

少し余裕ができたので、スマートフォンでメールをチェックする。

レイキャビクのツアー会社から、英語のメールが入っていた。天候不良により、本日のオーロラ観賞ツアーは中止だという知らせだった。

さすがに、長距離フライトのあと、四、五時間かかるオーロラ観賞ツアーに行くのは、参加者の体力が心配だったからほっとする。

このツアーは、天候不良やオーロラが見られないときは、自動的に翌日に振り替えになるから、延期になっても参加者の負担が増えるわけではない。

メールのチェックを終えたとき、森木夫妻がこちらに戻ってくるのが見えた。わたしはあわてて駆け寄った。

「カフェ、満席でしたか？」

夫の清《きよし》さんが首を横に振った。

「カフェオレ一杯で、五ユーロもするんだ。ミネラルウォーターだけでも三ユーロ。ふたりでカフェオレを飲んだら、千三百円にもなる。たった十五分座るだけで、そんなに払えないよ」

そう言われると、返事ができない。わたしもたしかに、その値段を払うくらいなら立って待つだろう。北欧は物価が高い。

だが、礼子さんはあきらかに不満そうな顔をしている。彼女は疲れていて、短い間でも座りたかったのかもしれない。

清さんが続けた。

「高いツアーだったのに、飛行機の席は狭いし、空港でも座って待つこともできないなんて……がっかりだ」

「申し訳ございません」

そう。アイスランドのツアーは、同じ日数の他の国にくらべても高い。

航空運賃が比較的高いこともあるが、なによりもアイスランド自体の物価が高いのだ。だから、ツアー料金が高くても、ツアーがゴージャスなわけでもないし、わたしがもらう日給が高いわけでもない。

だが、参加者の心の中には、値段の高いツアーできたという気持ちははっきり残っているだろう。難しい問題だ。

ちょうど、目の前のベンチに座っていた、アジア系らしい家族が立ち上がった。売店を観《み》に行くようだ。

わたしは急いで、森木夫妻をベンチに座らせた。空いた席には高橋夫妻を呼ぶ。

四人が楽しそうに談笑しはじめたので、わたしは胸をなで下ろした。

搭乗時間寸前に、日本人のグループがどやどやと搭乗口にやってくる。日本からの便に乗っていた人たちだ。彼らもアイスランドに行くのだろうか。

その中に、背の高い女性を見つける。彼女だ。

わたしは拳を握りしめた。ガッツポーズをしたいのを我慢して、平静を装う。

こんなに早く、彼女に出会えるなんて神様の導きとしか思えない。

はやる気持ちを抑えて、わたしは自分のツアーの参加者たちを確認した。トイレに行っている人はいないか、売店で買い物をしている人はいないか。

ヘルシンキからレイキャビクの飛行時間は三時間半。彼女とは機内で話すことができるはずだ。


彼女と出会ったのは八年前。わたしが高校二年生のときのことだ。

弟が無事高校に合格し、春休みに台湾に行くことになった。はじめての海外旅行。締まり屋の両親のことだから、たぶん、手頃な値段のツアーだったのだろう。土産物店《みやげもの》ばかりを回った。

三十人近い参加者をまとめていた添乗員が彼女だった。

宮城《みやぎ》さんという姓だった。まだ二十代と若かったのに、英語と中国語が喋れて、朝が早くても、いつもきれいな巻き髪と、ナチュラルメイクで現れて、雑談をすると関西弁がちょっと出て、明るくてサバサバしていて、つまりすごく素敵だったのだ。

酔っ払った中年男性の参加者が、同じ参加者の女性に絡もうとしたとき、さっと間に入って、テーブルを変えたり、きつめの口調で男性をたしなめたりもした。こんなふるまいをする人は身近にいなかった。

もちろん、学校や塾の教師、親戚のお姉さんなど、よく知っている年上の女性はいたし、芸能人で憧れている人はいた。

でも、こんなに鮮烈に、「彼女みたいになりたい」と思ったのははじめてのことだった。

たった、三泊四日の期間、一緒にいただけ。彼女の本当の姿なんてなにも知らない。それでも、わたしは勉強にくたびれたり、留学先でなにもかも思うように行かず、泣きたくなったとき、彼女のことを考えた。

彼女みたいにいられたら、きっと自分のことが好きになれる。もちろん、全部真似《まね》することなんかできない。彼女が履いていたような素敵なハイヒールは、一度履いただけで、足がズキズキしてあきらめてしまった。

でも、わたしの頭の中にはいつも彼女がいた。

彼女ならどうするだろう。そう考えれば、いつも正しい道が選べる気がした。

だから、ひとことだけでもお礼が言いたいのだ。

シートベルト着用のサインが消えると、わたしはツアー参加者に、オーロラ観賞ツアーの延期を告げてまわった。反応はそれぞれだった。七十代の高橋夫妻は残念がっていて、若い清原さんと江田さんたちは、ホテルでゆっくりできることを喜んでいた。

宮城さんは、いちばん後ろの席に座っていた。わたしはおそるおそる彼女に近づいた。

極東ツアーという旅行社の名前には覚えはない。わたしたちが台湾に行ったのは、別の旅行会社だったから、転職したのか、それともフリーでやっているのか。

「あの、お休み中失礼します。宮城さんですよね」

彼女はイヤフォンを外して、こちらを見た。きょとんとした顔をしている。

無理もない。絶対覚えていないだろう。八年前、たった四日間一緒にいたツアー客のことなんて。

「わたし、パッション旅行社の堀田遥と申します」

「あ、はい。極東ツアーの宮城彰《あきら》です。よろしくお願いします。アイスランドは何度か？」

彼女はすぐに笑顔になった。同業者同士の挨拶だと思ったのだろう。

「わたしははじめてです。というか、単独での添乗自体がはじめてで……」

「あー、でも誰でもはじめてのときはありますよ。わたしもすごく不安でした。なにか心配なことがあったら、遠慮なく相談してください」

そう言ってくれる彼女に胸が熱くなる。たしかに、わたしが八年間、憧れ続けてきた彼女だった。

彼女は名刺を出した。わたしもあわてて、名刺を出す。

「あの……実はわたし宮城さんの添乗するツアーに参加したことがあるんです。高校生の頃、台北《タイペイ》に行くツアーで……」

たった三泊四日。故宮《こきゅう》博物院に行ったり、小籠包《ショーロンポー》を食べたり、有名どころをめぐるよくあるツアーだ。

　彼女は目を丸くした。

「なんと！　それはびっくり」

　気取りのない親しみやすい口調。そう、これは彼女の口癖だった。それに力をもらってわたしは話し続けた。

「わたし、宮城さんに憧れて、この世界に入ったんです。宮城さんみたいになりたくて……すみません。そんなこと言われても、困りますよね。でも、ようやくわたしもこの世界に足を踏み入れることができました」

　少し困惑されるかもしれないとは思っていた。だが、それでも微笑《ほほえ》んでくれるのではないかと想像していた。わたしならそう言われて、決して悪い気はしないと思うから。

　だが、彼女はあきらかに顔を引《ひ》き攣《つ》らせた。

「わたしに憧れて……？」

　なにか彼女の触れてはいけないところに触れてしまった気がした。

「も、もちろん、それだけじゃありません。旅が好きだし、人に喜んでもらえる仕事がしたかったから……」

「人に喜んでもらえる仕事……まあそういう一面もありますよね」

　彼女は笑ってそう言った。その声に嘲笑の響きを感じた。じわじわと理解する。わたしは今傷ついている。

「そうなんだ……なんていっていいのかわからないけど、まあ頑張ってくださいね。わたしはもう無理っぽいけど」

無理っぽいとはどういうことなのだろう。理由を聞きたかったが、そこまで踏み込んでいいのかわからない。

「旅が好きだからこの仕事を選ぶ人は多いけど、そういうのってこの仕事の一面でしかないんですよね。わかります？　まだわからないですよね」

答えられない。わたしはまだこの仕事をはじめたばかりなのだ。

宮城さんはシートから立ち上がった。わたしは背が低いから、彼女に見下ろされているような形になる。

彼女はぎこちない笑みを浮かべて言った。

「何年か後に後悔することにならないといいけど」


まるで、ことばの石つぶてを投げつけられたようだった。

わたしは理解した。はっきりものを言う人は、不快な気持ちを隠すこともしないのだ。

自分が言ったことが、そんなに彼女の気持ちを逆撫《さかな》でするようなものだったとは思えないが、理解できないことが、よけいに罪深いような気がした。

理由がわからなければ、謝ることもできない。

虫の居所が悪かったのだと考えることもできるが、そうしたくはなかった。

父親は、わたしが理由があって怒ったとき、「おっ、生理か?」などと言って、茶化す人だった。誰かの怒りを「虫の居所が悪かった」と片付けるのは、それと大差ないように感じてしまう。

うじうじ考えているうちに、飛行機はレイキャビク、ケプラヴィーク空港に到着した。

飛行機は小さいし、入国審査はヘルシンキで終えているから、ケプラヴィーク空港での手続きは簡単なものだ。

参加者全員の荷物が出てきたのを確認し、アイスランドクローナへの両替を手伝う。わたし自身は、どこでもクレジットカード決済ができると聞いていたから、わざわざ両替はしない。

両替を終えて、迎えにきてくれていたドライバーと合流し、バスに乗り込む。

全員がいることを確認して、バスの座席に腰を下ろす。

疲労のあまり、身体がシートに沈み込んでいきそうな気がする。

旅の一日目は、いつだってやけに長く、疲れ切っている。

特にこんな日にはなおさらだ。

翌朝は土砂降りだった。

昨日、天気予報をチェックして、一日雨だということは確認していたが、想像していたより、激しい雨だった。今日もオーロラは期待できそうにない。

問題は、今日はゴールデンサークルの観光に出かける予定になっていることだ。

オーロラツアーは中止だが、観光ツアーは雨天決行だ。

ゴールデンサークルは、レイキャビク近辺の見所をまとめた呼び名だ。グトルフォスという巨大な滝、ゲイシールという間欠泉。そして、シンクヴェトリル国立公園の三カ所を訪れることになっている。

大雨の中、滝や間欠泉を見るのは、あまり楽しくなさそうだ。

ホテルの朝食ビュッフェでパンやスモークサーモン、チーズなどを皿に取る。パンを一口食べて驚いた。無骨だが小麦の味が濃くて、とても美味しい。バターも日本で売っているものより美味しい気がした。

そういえば、昨日夕食を食べたシーフードの店も、とても美味しかった。庶民的で気取った感じのない店だったが、鱈《たら》や鮭《さけ》の串焼きと、濃厚なロブスタースープが食べられた。

食事を終え、コーヒーを二杯飲んで、ロビーに行くと、すでに現地ガイドのダニエルが待っていた。背が高くて、身体が分厚い。

わたしたちは握手をして、今日の相談をはじめた。

「今日は残念だけど、一日雨みたいね」

そう言うと、ダニエルはにやりと笑った。

「アイスランド人は『悪い天気なんてない』って言うんだ。いつだっていい天気だ。『悪いのはおまえの服装だ』ってね」

なんて素敵なのだろう。これから心に刻みたい言葉だ。

ダニエルは山用のレインジャケットと防水パンツを身につけている。足下は足首までがっちりカバーした防水トレッキングシューズだ。

わたしも雨具を新調するときは、躊躇したが、きちんとしたものを揃《そろ》えておいてよかった。

だが、ツアー参加者が集まってきたのを見て驚く。

ちゃんとした雨具を身につけているのは、半分ほどだ。橋元さんと梶田さんはスカートとスニーカーだし、森木夫妻はデニムパンツにコンビニで買うようなぺらぺらのポンチョを着ている。

きちんとした雨具を持ってくるようにと、旅程表に書いてあったはずだが、彼らが想像するきちんとした雨具が、そういうものなのだろう。

橋元さんと梶田さんに、パンツを持っていないのかと確認したが、橋元さんが持ってきたのは全部スカートだという話だった。梶田さんはデニムのパンツを一着持っているというが、たぶんそれでは大差は無いだろう。

暗い顔になったわたしに、ダニエルが笑いかけた。

「まあ、現地に着いたら晴れているかもしれないし」

そうなっていることを祈りたい。


最初に到着したのはシンクヴェトリル国立公園だ。

北アメリカプレートと、ユーラシアプレートのちょうど境目に存在し、その裂け目が崖として姿を現しているという公園だ。

ダニエルの言った通りにはならず、雨は降り続けている。橋元さんと梶田さんは折りたたみ傘を持ってバスを降りたが、傘を広げた瞬間に裏返しになっていた。

雨が本降りだというだけではなく、ともかく風が強いのだ。

日本の雨だと、ぺらぺらのポンチョや折りたたみ傘で大丈夫だが、どうもこの土地の雨には歯が立たないようだ。

なにかできることはあるだろうか、と考える。タオルは余分に持ってきているから、次にバスに乗るとき、身体を拭いて風邪を引かないようにしてもらうことはできる。

ダニエルの英語の説明を、わたしが日本語に訳す。

地層が露出して、激しい勢いの川が流れる景色は、地球そのものが剝《む》き出しになっているように荒々しい。有名なファンタジードラマがロケをしにきたというのもわかる。

橋元さんと梶田さんは濡《ぬ》れながらも機嫌がいいようだが、森木夫妻が黙り込んでしまっているのが気に掛かる。

わたしのレインコートを貸した方がいいのだろうか。そう思ったとき、ダニエルが、わたしに言った。

「次に行くゲイシール間欠泉のそばに、アウトドアショップがあるよ。そこで昼食時間を取るから、買い物もできる」

それを聞いてほっとする。

見れば、他国の観光客らしき人たちの中にも、サンダル履きの人や、傘だけ差してびしょ濡れになっている人がいる。

わたしは、橋元さんたちに話しかけた。

「ゲイシール間欠泉の近くに、アウトドアショップがあるようですよ」

「わあ、それは助かる。傘があればいいだろうと思っちゃって」

日本の感覚だと、傘だけでは対処できない雨なんてめったにない。台風やゲリラ豪雨くらいだ。

次に森木夫妻に同じことを言う。だが、ふたりとも返事をしなかった。まだ観光が始まったばかりなのに、ひどく疲れているようだ。

清さんが口を開いた。

「雨具の貸し出しとかはないのか？」

「申し訳ありません、そういうのはやってないんです。用意していただくように旅程表に書いてあったはずですが……」

「持ってない人間はわざわざ買えというのか。雨が降らないかもしれないし、この旅行のあとは使わないのに？」

強い口調で投げつけられたことばに、戸惑う。ちゃんと旅行の説明の時に雨具を用意してほしいと言ったはずだ。

礼子さんが言った。

「このあと晴れますよね……アイスランドの天気は変わりやすいって言ってましたよね」

残念ながら、変わりやすいということは、かならず変わるということとイコールではない。

「さあ……お天気のことはわたしには……」

だが、話しているうちに小降りになってきた。わたしはタオルを差し出した。

「よかったらせめて使ってください」

「ありがとうございます」

礼子さんは素直にタオルを受け取った。

わたしは薄暗い空を見上げた。オーロラが見られる、見られない以前に、このまま天候が回復しないと、ツアー参加者から病人が出るかもしれない。

シンクヴェトリル国立公園の観光を終え、ようやくバスに乗り込む。

人数を数えて、全員揃っているか確認する。雨具を脱ぐ人、濡れた身体をタオルで拭く人で小型のバスの中は、てんやわんやだ。

全員いることを確認して運転手に伝え、自分のレインコートを脱いだ。

さすがに山用の雨具だと、内側はまったく濡れていない。レインパンツはいちいち脱ぎ着するのは大変だから、タオルで拭うだけにする。

橋元さんと梶田さんは笑いながら、濡れた身体を拭いているが、森木夫妻は無言だ。さっき貸したタオルも返してもらっていない。

「体調はいかがですか」と聞きたい気持ちもあるが、さきほど、アウトドアショップのことを教えたことで、雨具の貸し出しはないのかと責められたことを思い出す。また話しかけて、責められるのではないかと思うと、声をかけにくい。

男性ひとり旅の諸岡さんが声を上げた。

「ほら、進行方向は晴れてますよ」

乗客たちから歓声が上がる。

本当に、少し先は空が青い。はっきりと雨雲が終わっている場所が見える。天気が変わりやすいというのは、こういうことなのだ、と、理解する。

このまま天候が回復してくれるといい。明日以降の予報は晴れだから、今日さえ乗り切れば天候はなんとかなりそうだ。オーロラも期待できるかもしれない。

小型バスは雨の中を通りぬけた。

江田さんが外を指さす。

「ほら、虹が出てます」

たしかに、空に小さな虹が出ている。みんなスマートフォンを窓に向けて写真を撮っている。車の往来もあまり激しくない場所だから、わたしはダニエルに頼んでみた。

「もし、可能だったら、バスを少し止めてもらえない？　虹が出てるから」

ダニエルは、バスの座席から身体を起こした。

「いいけど、アイスランドではしょっちゅう虹が出るよ。このまま晴れていたら、グトルフォスでも見られるだろうし……」

「そうなの？」

グトルフォスは、ゴールデンサークルにある巨大な滝だ。今日の午後、行く予定になっている。

「うん、一日に、二、三回見ることだって普通だよ。こんな殺風景な場所でわざわざ止まってまで撮影することないんじゃない？」

これまで、自分が当たり前だと思っていたことが、よその国では当たり前でないことを知らされる。旅にはそんな瞬間が何度もある。

日本にずっといたら、アイスランドの天候に興味のなかったわたしは、知ることはなかっただろう。

これから行くのはゲイシール間欠泉だ。高さ七十メートルくらいまで上がったことがある巨大な間欠泉を、すぐ近くで見られるという。

アイスランドは日本と同じく火山国で、今日もシークレットラグーンという温泉での入浴を予定している。

ゲイシールでは長めに休憩を取り、自由観光と昼食を取る予定になっていた。

わたしはガイドブックで丸暗記したゲイシール間欠泉についての詳細を説明した。みんなあまり話を聞いておらず、窓の外を眺めたり、同行者と話をしたりしているが、まあ、これはこういうものだと思うしかない。

「なにか質問はありますか？」

そう尋ねたとき、三十代の女性二人連れのひとり、清原さんが手を上げた。

「ランチはどんなものが食べられますか？」

それについては調べていなかったが、たしかに重要な情報だ。今日のランチは個人で取ってもらうことになっている。

わたしは、ダニエルに尋ねた。

「サーモンスープ、フィッシュアンドチップス、サンドイッチ、サラダとかかな。セルフサービスの食堂になっているよ」

「どれがおすすめ?」

「サーモンスープが美味しいよ」

わたしはダニエルに聞いた通りを、みんなに伝えた。

気温も低いし、雨にも濡れたから、わたしもあたたかいスープが飲みたい気がする。

ゲイシールに到着した頃には、雨は止《や》んでいた。ほっとしながら、バスを降りる。間欠泉の目の前に、駐車場があり、三分ほど一本道を歩いただけで、間欠泉を見ることができるようになっている。

駐車場のそばには、大きな建物があった。そこにレストランとショップがあるようだ。

黒木さんから「アイスランドは今、観光が主要産業だから、観光地が整備されている」と聞いたことを思い出す。

先に買い物をしたい人や、食事をしたい人はここで別れて、集合時間までに戻ってきてもらうことにして、先に観光をする人だけ、わたしとダニエルが案内することにする。

なにもないように見える道を歩いていると、間欠泉が噴き上がるのが見えた。

近くの観光客の間から、歓声が上がる。

「あれは、ストロックル間欠泉。ゲイシールは今、一日数回しか噴出しないから、見られるかどうかわからないけど、ストロックルは十分に一度くらい噴出するから、確実に見られるよ」

つまり、ゲイシールはあれよりも大きいということだ。

地球が呼吸しているみたいだ。ふいにそう思った。シンクヴェトリル国立公園でも思ったが、アイスランドという国は、地球が剝き出しになっているように見える。

東京にいるとき、地球の存在を感じることなんてほとんどない。それはいろんなものに柔らかく覆われている。ここにくれば、本来の姿がわかるような気がした。

「すごい……」

思わずつぶやきかけて、口を覆った。アイスランドがはじめてだなんて、知られてはならない。

もちろん、ある程度ベテランになれば、「その国がはじめて」だと言っても、旅客を不安にさせない頼もしさがあるのかもしれないが、わたしはなるべく、「よく知ってます」という顔をするしかない。

今度は近くにある別の間欠泉が噴き出した。熱風がこちらまで感じられる。

大変なことはたくさんあるけれど、ここにこられてよかったと思った。

昼食はサンドイッチにした。スープはとても美味しそうだったが、スープとパンだけで日本円で千五百円くらい。飲み物をつければ、簡単に二千円を超えてしまう。アイスランドは物価が高いというのを、まざまざと見せつけられる。水道水が飲めるから水を買わなくていいのが、まだ救いだ。

たとえ、添乗中であろうと、ツアーに含まれていない食事代は自分で出さなければならないというのもつらい。普通に働いていても、ランチ代は自分で払うと言われればそれまでだが、こういう物価の高い国にきたときは、よけいにつらい。

食事を終えて、早めにバスに戻る。ダニエルはまだ戻っていなかったが、運転手はいたので、中に入れてもらう。メールをチェックすると、今日のオーロラツアーも中止だという連絡が入っていた。

がっかりするが、空はまた曇ってきているし、仕方がない。明日と明後日は晴れだから、それに期待するしかない。

明日はアイスランド南部まで滝や氷河を見に行き、最終日は市内観光と、ブルーラグーンという広大な野外温泉施設に行く。

わたしは温泉には入らず、いつでもトラブルに対応できるように外で待機している予定だが、少しお客さんたちと距離を取れるのは気楽だ。

つまり、オーロラを見られるチャンスはあと二日。天気予報によると、明日は晴れになっている。まだ希望はある。

次々と参加者が帰ってくる。わたしは雑談ついでに、なにを食べたかとか、体調は悪くないかなどと聞く。せっかくだからと、サーモンスープを食べた人、わたしと同じくサンドイッチやパンを食べた人、デリでいろんなものを注文した人、いろいろだ。

いちばん心配だった、森木夫妻が戻ってくる。

「お食事されました？」

礼子さんが答える。

「主人はパンとトマトジュースを。わたしは食欲がなくて……」

「大丈夫ですか？　雨具はどうされました？」

「もう晴れてきていますし……」

その答えに、心の中でためいきをつく。彼らが倹約家だということはわかっていたから、念を押しておくべきだった。滝を見にいけば、また濡れてしまう。まだ行ったことはないが、下準備にインターネットで旅行記を読んでいたら、滝の水しぶきでびしょ濡れになったという話がたくさん出てきた。

だが、強要することはできない。もし、それを伝えても、それなら着てきたポンチョで充分だと言われるかもしれない。もう買い物する時間もない。

橋元さんと梶田さんが、ショップのバッグを持って帰ってくる。買い物を楽しんだらしい。

「レインジャケット買いました。素敵なのがたくさんありましたよ」

「あと、パンツとスニーカーも」

「お食事は？」

「フィッシュアンドチップス食べて、ビール飲んじゃいました！」

元気そうでほっとする。このふたりは心配なさそうだ。

わたしはもう一度礼子さんに尋ねた。

「食欲がなかったとおっしゃいましたけど、体調は大丈夫ですか？」

「ええ。大丈夫です。朝をしっかり食べたし」

はっきりした答えが返ってきて、少し安心した。海外の食事は、日本よりもボリュームがあることが多いから、わたしもときどき昼を抜く。

ゲイシールから、グトルフォスまでは近い。急いで説明をしなければならない。

グトルフォスは、アイスランド語で「黄金の滝」という意味で、幅は七十メートル。毎秒平均百四十トンの水が落ちるという巨大な滝だ。春、雪解けの水が流れ込むときには、毎秒二千トンもの水が流れるという。

二十世紀初頭、イギリスの企業がここに水力発電所を作ろうとしたとき、ひとりの少女が反対運動を起こし、滝に身を投げようとして、その計画を阻止したという。滝のそばには少女を称《たた》えるプレートがあるという。

昔から、自然を守る意識が強いのだろうか、と思う。この国にいれば、自然を身近に感じることも多そうだ。

そう考えて、気づく。日本にだって、自然は身近にある。遠いものだと考えるのは自分の心の問題だ。

バスが、駐車場に滑り込んでいく。また車窓を雨粒が濡らしはじめた。さきほどよりは小降りだが、この先どうなるかわからない。

集合時間を告げると、みんな雨具を着込んで降りていく。森木夫妻もポンチョを着て降りていった。

わたしもレインコートを着て降りる。バスを降りた時点で、轟々《ごうごう》という滝の音がした。

駐車場から坂を下りていくと、すぐに滝が見える。大勢の観光客たちが、観光を終えて戻ってくる。細い道をすれ違いながら、滝がよく見える展望台に向かった。

滝の全貌が見えたとき、息を呑んだ。

日本で見たことがある滝とはまったく違う。まるで荒れ狂う生き物のようだ。

イグアスの滝は知っているから、迫力に圧倒されることはないだろうと思っていたが、見せる表情が全然違うのだ。

たしかにイグアスの滝ほどの高低差はないが、信じられないような水量だ。雨上がりのせいもあるのだろう。たぶん、船で近づくこともできないし、滝壺《たきつぼ》に落ちたら助からないだろう。

百メートルくらい離れているのに、全身が水しぶきで濡れる。呼吸をするのも忘れてしまいそうだ。

次にいつこられるかわからないから、もっと近づきたいけれど、我慢して、バスに戻ることにする。

たぶん、このときわたしにはなにか予感があったのかもしれない。

ゲイシールと同じようにグトルフォスにも大きなレストランと、ショップがあった。少し見てこようかなと思ったとき、森木夫妻がこちらに帰ってくるのが見えた。ずいぶん早い。

「どうなさいましたか？」

「すみません、妻が……」

清さんの表情も険しいが、礼子さんを見て、はっとした。顔色が真っ青だ。

「大丈夫ですか？」

「ええ、大丈夫なんですけど……少し気分が悪くて……」

彼女のことばを聞いて、わたしは自分の質問の仕方を悔いた。この人は「大丈夫？」と聞かれたら、問題があっても「大丈夫」と返してしまう人だ。

「午前中に濡れたから身体が冷えてしまったのかも……すみません。先にホテルに帰らせてもらってもいいですか？」

「もちろん、かまいませんが、どうしよう……」

ここからレイキャビクまでは車で一時間半くらいかかる。タクシーを呼んでもらうとしたらいくらかかるかわからないし、かといって、ツアーのバスを使うわけには行かない。他の参加者には通常通りのツアーを楽しんでもらわなければならない。

清さんが声をひそめて言った。

「次に温泉に行くだろう。そこで他の人たちには温泉に入ってもらって、その間にレイキャビクまで送ってもらうわけには……」

「無理です」

これはきっぱり断るしかない。シークレットラグーンでの滞在時間は一時間。シークレットラグーンからレイキャビクまで往復すると三時間近くはかかるし、そんなに他の参加者を待たせることも、運転手さんに予定外の労働を要求することもできない。

わたしはダニエルに相談した。彼はスマートフォンでなにかを調べはじめた。

「えーと、レイキャビクへのバスなら、このあと四十分後くらいにあるけど……」

わたしはそれを伝えた。あまり具合が悪いようならタクシーを呼んでもらうか、それが難しければ、バスで帰るか、ツアーの参加者と一緒に帰るか、そのどれかしかない。

諸岡さんと江田さん、清原さんが一緒に戻ってくるのが、見えた。若めの参加者同士、仲良くなったようだ。わたしは思い切って、誰かに尋ねた。

「あの、どなたか英語、わかる人いますか？」

三人は顔を見合わせた。清原さんが口を開く。

「そんなに流暢《りゅうちょう》に喋れるわけではないですけど、簡単な会話くらいなら……仕事で海外とやりとりすることもありますし」

わたしは状況を説明する。具合が悪くなってしまった人がいるから、一緒にレイキャビクまで帰る。夕食には合流するつもりだが、その間、ダニエルから聞いた話を、英語のわからない人に伝えてほしい、と。

ダニエルはガイドの資格を持った専門家だし、ツアーのスケジュールも理解している。ただ、日本語だけは話せない。

この先、必要になるのは集合時間などの聞き取りくらいだ。シークレットラグーンでの入浴方法やマナーは、すでに印刷したものを配ってある。

もし、なにか手に負えないことがあったなら、わたしの携帯電話に連絡をくれればいい。

「ぼくも少しなら喋れます」

諸岡さんもそう言ってくれた。二人できる人がいたら安心だ。

わたしは森木さんの方を向いた。

「どうされるか、決められましたか？　バスかタクシーでお帰りになるなら、わたしもご一緒します」

「あの……わたしは皆さんと一緒でも……」

そう言いかけた礼子さんを遮って、清さんが言った。

「バスで帰ります」


雨がまた止んだ。わたしたちはシークレットラグーンへ向かうバスを見送って、カフェテリアの中でひと休みすることにした。

ポンチョを脱いだ礼子さんを見て気づいた。彼女が着ているのは、ネルシャツとデニムのパンツだ。濡れてしまえばなかなか乾かない。

清さんもデニムのパンツだが、上はウールのセーターだ。ウールは水を弾《はじ》くからそこまでぐっしょりと濡れることはない。

拒絶されるかと思うが、おそるおそる提案してみる。

「あの……礼子さん、お洋服が濡れているので、ショップで新しいものを買って着替えられた方が、少し楽になると思います。濡れたものを着ていたら、よけいに具合悪くなるでしょうし」

「あの……でもこれから帰るだけですし……」

「たぶん、路線バスだと、ツアーのバスよりも時間がかかるはずです。ホテルに帰るまで二時間以上かかるでしょう」

雨具は日本に帰ったら使わないと言われたが、着替えなら日本でも着られる。

「でも……」

礼子さんが躊躇していると、清さんが立ち上がった。

「買いに行こう」

わたしも一緒に行く。スポーツショップにはさすがに化繊やウールのシャツが揃っていた。化繊の長袖ポロシャツと、ジャージパンツ、ウールの靴下やアンダーウェアを礼子さんが選んで、購入し、試着室で着替える。

わたしは何度も時間をチェックした。バスに乗り遅れるようなことがあっては大変だ。

清さんがぽつんと言った。

「雨具を買ってくればよかったな」

「きてみないとわからないことってありますよね」

そう言うと、清さんは力なく笑った。

乾いた洋服に着替えた礼子さんは、少し顔色がよくなったようだった。

バスの時間まで、まだ十五分くらいある。わたしは彼らに言った。

「バスの乗り場を確認してきます。さっきのカフェテリアで休んでいてください」

結局、バスでレイキャビクまで帰るのに二時間近くかかった。

バスはそこそこ混んでいたが、ドイツ人の若者が具合の悪そうな礼子さんを見て、夫婦に席を譲ってくれたから助かった。

停留所も、ホテルから歩いて十分くらいのところだった。ホテルに帰って部屋まで送ると、礼子さんはベッドに倒れ込んだ。

わたしは清さんに尋ねる。

「夕食はどうなさいますか？　たぶん、あと一時間くらいしたら皆さん戻ってこられると思いますし、夜七時くらいからレストランにご案内することになりますが……」

今は夕方五時くらい。二時間くらい休めば、礼子さんも回復するかもしれない。

だが、清さんはわたしを手招きして、部屋の外に呼んだ。廊下に出てドアを閉める。

「妻は欲しくないと言っているし、わたしも妻が心配だから、今日はやめておく」

「えっ、なにも召し上がらないとお身体に障《さわ》りますよ」

「それなんだが……おにぎりは手に入らないか？」

「ええっ？　それは……」

どう考えても無理だろう。

「さっき、礼子が『おにぎりなら食べたい』とぽつりと言ったんだ。他のものは食べられそうにない、と……。わたしならスーパーでサンドイッチかなにか買ってくればいいわけだが、おにぎりをどこかで買うか、調達することはできないだろうか」

「あの……レトルトのお粥《かゆ》なら持ってきていますけど……」

具合が悪くなった人のためにレトルトのお粥や味噌汁《みそしる》、梅干しは少し持ってきているが、こんなことがあるなら、レンジであたためるごはんでも持ってくればよかった。

「礼子はお粥が嫌いなんだ」

そう言われて頭を抱える。

「なんかないだろうか。パリやベルリンには日本食レストランがあったけれど……」

残念ながら、そんな大都会と違って、レイキャビクには存在しない。寿司《すし》バーならあるが、寿司バーで炊いたごはんだけ買えるのだろうか。おにぎりは炊きたての熱いうちに握らなければならないが、寿司飯は冷ましてある。

ここで拒絶するのは簡単だ。だが、礼子さんがこのまま具合が悪くなってしまえば、明日以降のツアーにも差し障る。

だからわたしは言ってしまった。

「わかりました。少し考えてみます」


とりあえず、近くのスーパーに走った。

パック寿司は売っていたが、サーモンだけだった。具合の悪いとき、生のサーモンが食べたいかどうかは疑問だ。シリアルの売り場に行くと、中国産のジャポニカ米を売っているのを見つけたから、それを買うことにする。

たしか鍋で、お米を炊く方法があるはずだ。

ホテルに戻り、朝食レストランの厨房《ちゅうぼう》を貸してもらうように交渉する。六時までに担当の従業員が帰ってしまうので、それまでに終わらせてくれと言われた。

インターネットで鍋でごはんを炊く方法を検索すると、いくつも見つかった。それを読みながら、用意する。

時間はあと、四十分くらいしかない。三十分、水に浸《つ》けると書いてあるレシピもあるが、そんな時間はない。お米を研《と》いで、水を計る。計量カップなどは見つからないから、近くにあるコップを使った。

実を言うと、ほとんど料理はしない。まだ両親と一緒に住んでいるし、炊飯器でごはんを炊いたことも数えるほどしかない。

それでもレシピ通りにやれば、料理くらいはすぐにできるものだと思っていた。

沸騰してから、十分。火を止めて、また十分蒸らす。

おそるおそる、鍋の蓋を開ける。

だが、そこにあったのは、水分量の多い、ぐちゃぐちゃのごはんだった。崩れ落ちそうになる。

どうしてこうなってしまったのだろう。炊き方が悪かったのか、水の量が多かったのか。計り間違えてしまったのか。

時計を見ると、六時まであと十分ほどだ。もうお米を炊く時間はない。わたしは、食べられそうにないごはんをゴミ箱に捨て、鍋を洗った。

呆然《ぼうぜん》としながら、厨房を出て、ホテルの人に礼を言う。

どうすればいいのだろう。まったくわからない。おにぎりは作れませんでしたと、森木夫妻に言うしかないのだろうか。

ロビーでぼんやりしていると、ダニエルとツアーの参加者が帰ってくる。みんな元気そうだった。

「堀田さーん」

江田さんと清原さんがこちらに向かって手を振る。わたしは彼らに駆け寄った。

「置いてきてすみません。なにも問題ありませんでした？」

「大丈夫です。森木さんたちは？」

「ええ、バスで帰ってきましたが、やっぱり調子悪いみたい」

「心配ですね……」

清原さんがそう言って、眉を寄せた。わたしはダニエルに夕食のレストランまで案内してもらうようにお願いして、バウチャーを渡した。

「問題ないよ。ユミも英語上手だよ」

それを聞いて、胸をなで下ろす。他の参加者には申し訳ないが、残りの日程で、その分取り戻したい。

問題は、おにぎりだ。

こんなとき、黒木さんならどうするのだろう。そして、宮城さんなら。

ふたりは確実に十年以上添乗員をやっている。ベテラン添乗員ならこんなときどうやって、解決するのだろう。要望を叶《かな》えることができなかったとき、どう説明すればいいのだろう。できなかったで済ますとは思えない。

(なにか不安なことがあったら、遠慮なく相談してください)

宮城さんのことばが頭をよぎる。なにかひとことだけでもアドバイスが欲しい。

わたしは名刺入れから、宮城さんの名刺を取り出した。電話をかける。

数回の呼び出し音のあと、電話は取られた。

「はい？」

語尾が上がってるのは、知らない番号のせいだろう。

「あの……パッションン旅行社の堀田です。実はご相談したいことがありまして。今、よろしいですか？」

「いいですよ。今、ツアーの帰りのバスの中ですから、時間はあります」

邪険にされなかったことにほっとする。わたしは具合が悪くなった人がいることを話した。

「その人が、おにぎりなら食べられるって言うんです……。宮城さん、レンジであたためるごはんとか持ってないですか？」

「それは持ってないです」

やっぱり。こういうとき、彼女ならどうするのだろう。でも、それを尋ねるのは、あまりに不躾《ぶしつけ》だろうか。そう思う前に、彼女が言った。

「ホテル、どこですか？」

驚いたが、ホテルの名前を告げる。

「港の近くの？」

「そうです」

「OK、じゃあ、わたしはうちのお客さんを夕食のレストランで下ろしてから、そっち行きます。なので、どこかスーパーでお米買っておいてください。ジャスミンライスやアロマティックライスでない、日本米ね」

「お米なら買ってあります。でも、上手《うま》く炊けなくて……」

「お米あるの？　じゃあ大丈夫。三十分くらいで行けると思います。あとでね」

電話は切られたが、わたしはそのままソファに座り込んでしまった。

のだ、と。


（じゃあ大丈夫）

宮城さんの声が頭に、こだまする。悲しいわけではないのに、涙がこぼれた。

はじめて知った。不安でいっぱいのとき、「大丈夫」と言ってもらうと、こんなにうれしい

三十五分で、宮城さんはやってきた。だが、もうキッチンは使えない。

「堀田ちゃんの部屋に行こう」

彼女はわたしを急《せ》かすようにエレベーターに乗り込んだ。

「ええ……でも、キッチンなんてありませんよ」

「大丈夫、大丈夫」

彼女は鞄《かばん》の中から、大きな蓋付きカップのようなものを取り出した。

「じゃーん、トラベルクッカー」

わたしの部屋に入ると、彼女は部屋にあるコーヒーカップでお米を量り、研いで、トラベルクッカーに入れた。

彼女の様子を見ていて、わたしは自分の失敗の原因に気づく。お米を研いだあと、きちんと水を切っていなかった上に、量ったお米よりも多く水を入れてしまっていた。

そう言うと、彼女は少し水を減らした。

「柔らかくなりやすい種類のお米なのかもね。中国の人は基本柔らかめが好きだし。お米によって癖があるから、一回目は失敗しても仕方ない」

そして、トラベルクッカーのスイッチを入れた。

「まあ、鍋で炊くよりはちょっと時間かかるかもだけど、二十五分くらいで炊きあがると思うよ。梅干しとかある？　なければ塩むすびになっちゃうけど」

「あります！　梅干しあります！」

「ＯＫ、上出来！」

彼女はこっちを向いて笑った。ずっと憧れてきた彼女がそこにいた。

わたしたちは並んでベッドに座って、お米が炊けるのを待った。

「ツアーのお客さん、大丈夫ですか？」

「うん、今日はコース料理だから、食事が終わるまで二時間くらいかかるでしょ。終わったら、わたしの携帯に電話くれるように頼んでるし」

「でも、宮城さん、夕食抜きになっちゃう」

「じゃあ、お米もらって帰ることにする。ホテルの部屋でお米炊いて、バターと醤油《しょうゆ》かけて食べる」

なんだか美味しそうに思えて笑ってしまった。わたしも帰ったらトラベルクッカーを買おう。

ふいに、宮城さんは真剣な顔になった。

「昨日はごめんね。きついこと言って」

「いえ、そんな……」

たしかに昨日は悲しくなってしまったが、今日助けてもらった分で、おつりが来るくらいだ。

宮城さんは寂しそうに笑った。

「わたしさあ、来月で添乗員辞めるんだよね」

「えっ、どうして。天職なのに……」

思わず、口をついて出た。あわてて謝った。

「すみません。事情も知らないのに、勝手なことを言って」

「ええよ。わたしも天職かなーと思ってたし。でも、五年前、結婚して、子供ができないから、今度、不妊治療をはじめるの」

なんと答えていいのかわからない。彼女は話し続けた。

「夫は仕事に対して理解はあるけど、不妊治療となると、日程がシビアで仕事との両立は難しい。それに妊娠してしまったら、その先の仕事はキャンセルしなきゃいけないし、子供ができてからも続けられる仕事じゃないし……いろいろ考えて、上司とも相談したけど、妥協点が見つからなくて、結局、辞めることにした」

「そうだったんですね……」

そこにわたしが、「宮城さんに憧れて添乗員になった」と言ってしまったということか。

「堀田ちゃんが、十五年前くらいのわたしのように見えた。ああ、この子も、十五年後、同じ気持ちになるのかなと思ったら、なんだかこの業界全体に腹が立ってしまって……でも、間違ってた。堀田ちゃんはわたしじゃないし、わたしは堀田ちゃんじゃない。十五年後は、世界がもっといろいろ変わってるかもしれない。わたしは変えられなかったけど、堀田ちゃんは変えるかもしれない」

「そ、そんな」

わかっている。他の仕事ならば、子供を保育園に預けて働くこともできるかもしれないが、数日間から一週間、場合によっては二十日間くらい家を空けることもある、海外旅行添乗員には難しい。それは覚悟している。

だが、自分が誰かを好きになって、結婚して、子供が欲しいと思うかどうかなんてわからない。一生思わないかもしれないのだから、未来を勝手に考えて、悲観的にはなりたくない。

宮城さんはベッドに腰掛けたまま、天井を見上げた。

「旅行添乗員をはじめたとき、自分がたまごみたいだって思った」

「たまご？」

「そう。新米ってだけでなくてね。だって、旅行者って、そこに住んでいる人たちと、なにかが隔てられているでしょう。近くにいるけど、違う世界にいるみたい」

　ああ、それはわかる。憧れている土地に行ったときほどそれは顕著に感じる。

　通り過ぎるだけのわたしは、そこに住む人たちのことを本当の意味では知ることはできない。

「まるでたまごの中から世界を見てるみたいだって。しかも失敗ばかりして、ヒビが入って、傷だらけで」

　わたしからはなんでもできるように見えていた、若い時期の彼女が、そんなふうに感じていたとは知らなかった。

「でもさ、転がってヒビだらけになりながら、世界を見るのはわるくなかったよ。だから、堀田ちゃんがいつか辞める日にもそう思ってくれるといいな」

　わたしは頷《うなず》いた。いつか辞める日がきても、今ここにいる瞬間のことは忘れないでおこうと思う。

「でも、やっぱり天職だと思う？」

　宮城さんに悪戯《いたずら》っぽく微笑まれて、わたしは大きく頷いた。

「そっかあ。じゃあ、子供ができなかったり、大きくなって手が離れたら、戻ってこようかな」

「絶対それがいいです」

　彼女のおかげで、笑顔になる人がたくさんいる。

宮城さんにもらった紙皿に載せて、梅干しおにぎりを森木さんの部屋に届けた。

礼子さんの目がまん丸になって、清さんは笑顔で何度も頭を下げてくれた。

わたしは思う。誰かに喜んでもらうって、素敵なことだ、と。


オーロラは最終日に見ることができた。

エメラルドグリーンのカーテンが空で揺れて、消えたり現れたりしていた。見られたことに感動する気持ちと、なんだか拍子抜けするような気持ちと両方があった。

オーロラなんて、もっと苦労を重ねないと見られないものだと、心のどこかで思っていたのかもしれない。

諸岡さんが、こちらを向いて笑った。

「ぼく、トロムソも行ったし、ロヴァニエミも行ったけど、全然これまでオーロラ見られなかったんですよ。ようやく夢が叶いました」

夢なんて、そんなものかもしれない。叶うときには叶うし、叶わないときには叶わないのだ。

2nd trip

ドラゴンの見る夢

『クロアチア、スロベニア九日間』

添乗することになるツアー名を見て、わたしは思わずつぶやいた。

「どこ？」

いや、クロアチアはかろうじて知っている。旧ユーゴスラビアで、アドリア海に面した景色の美しい国だ。ドブロブニクという街は、ジブリの映画の舞台になったとか、アドリア海の真珠と呼ばれているとか、聞いたことはある。今、人気のある観光地ではないだろうか。

でも、スロベニアというのはどこだろう。クロアチアと一緒に回るのだから、たぶんクロアチアの近くだろう。スロヴァキアとは違うのだろうか。まあ、スロヴァキアもよくわからないけれど。

こういうときは、インターネットで検索するに限る。

わたしはパソコンを立ち上げて、検索サイトで「スロベニア」と入力した。

予想した通り、クロアチアの隣だ。イタリアやオーストリアなどとも国境で続いていて、クロアチアと同じく、旧ユーゴスラビアに属していた。首都はリュブリャナ。この街の名前も聞いたことはない。見所はあるのだろうか。

公用語はスロベニア語。ラテン文字のスラヴ系言語だ。

ロシア語など、キリル文字を使うスラヴ系言語はちんぷんかんぷんで読むことすらできないが、ラテン文字ならば英語のアルファベットとだいたい同じのはずだ。とりあえず、読むことはできる。

ウィキペディア以外のサイトも見ようかと思い、検索サイトに戻った瞬間、こんな文が目に飛び込んできた。

「日本人の九十八パーセントが行かない国」

どうやら、テレビ番組がそういうキャッチフレーズでスロベニアのことを放送したらしい。

咄嗟《とっさ》に思ってしまった。なんか、失礼じゃない？　と。

いや、もちろんわたしだって、数十分前まではどこにあるのかも知らない国で、そういう意味では自分のことを棚に上げているのかもしれないけれど、テレビ番組として取り上げてお金を稼いでおいて、そんなふうに言うのはあまりに失礼だ。

そのキャッチフレーズに対する反感で、思った。

絶対に、スロベニアの素敵なところをたくさん見つけて、帰ってきたらみんなに話してやる、と。

たった二泊三日しか滞在しないことはわかっているけれど、そんな超がつくほど、前向きな気持ちで、わたしは次の仕事に挑んだのだった。


クロアチアもスロベニアも、日本からの直行便はない。

フランスのシャルル・ド・ゴール空港で乗り継いで、最初はスロベニアのリュブリャナに到着し、二泊してスロベニアを観光した後、クロアチアに移動して、プリトヴィッツェ国立公園、スプリット、ドブロブニクとまわり、またフランスで乗り継いで帰ってくる。

シャルル・ド・ゴール空港で乗り継ぎすると言った瞬間に、SNSで繋《つな》がっている友達に「ラ・メゾン・デュ・ショコラのシャンパントリュフ買ってきて」だの「ディオールの新作の香水があったら」などと言われたのは、少し笑ってしまった。残念ながら、添乗での乗り継ぎはいつも大忙しで、そんな余裕はなさそうだ。

羽田《はねだ》空港でツアーの参加者と集合して、挨拶をする。

今回のツアーは、全部で十四人。中学生ふたりを含む四人家族がひと組、六十代の父親と三十代の娘さんという親子、七十代のリタイア後らしきご夫婦、二十代の友達らしき女性三人組がひと組、ひとり旅の四十代男性がひとり、それから三十代のご夫婦がひと組だ。

この三十代の白石《しらいし》夫妻は、新婚旅行だと聞いている。どんな旅行でも一生の思い出になるのは一緒だが、添乗する側としては新婚旅行と聞くと緊張する。失敗があってはならないし、もし、ふたりが険悪な空気になってしまったらどうすればいいのか、などと考えてしまう。

ツアー参加者のリストがきたとき、思わず黒木さんにメッセージを送ってしまった。

「新婚旅行の添乗ってどうすればいいんでしょうか……」

「特別扱いしないで、適度に華やぐような気持ちにさせて、レストランの席などは他の人たちとちょっと離す、とかかな？」

難しすぎる。そういえば、ハワイやパリなど人気の行き先は、新婚旅行専用のプランがあると聞いたことがある。むしろその方が、全員の対応を同じにできる分、楽かもしれない。

それにしても、十四人を連れて、シャルル・ド・ゴール空港の乗り継ぎをするのはあまりに怖すぎる。先日のヘルシンキ、ヴァンター空港とは広さと乗り入れ便の数が全然違うのだ。空港内を走るシャトル列車のようなものまである。

なんとか、参加者の顔を頭にたたき込み、シャルル・ド・ゴール空港の見取り図を凝視する。到着が近くなれば、座席のモニターで乗り継ぎ便の搭乗口がチェックできるという説明書きを読んで、少しほっとする。

ツアー参加者とわたしを乗せた飛行機は、フランスに向けて飛び立った。

機内では、さすがにいなくなる人もいないし、参加者とは席も少し離れているから、ひとりで仕事に集中できる。

最初の機内食を食べ、機内販売品の販売が終わるまで、わたしは書類やガイドブックを熟読し続けた。

羽田を出発して、三時間くらい経《た》つと、電気が消された。わたしは読書灯を付けて、書類のチェックを続けた。

毎回、必死で参加者の顔と名前を覚えたり、旅程を確認したりするのに忙しく、行きの飛行機ではあまり寝ることができない。

仕事なので、寝ている場合でないと言えばそうなのだが、時差もあって到着日の夕食時にはふらふらになってしまう。

適度に休まなくては、身体《からだ》が持たない。

そう思って、目を閉じかけたときだった。

「あの、よろしいでしょうか」

そう声をかけられて、目を開けた。糸井結《いといゆう》さんというツアー参加者だった。父親の幹夫《みきお》さんとふたりでツアーに参加している。少しふっくらとして大人しそうな印象の女性だった。

「はい、どうかなさいました？」

「父の座席の液晶画面がうまく動かないんです。わたしも父も英語を話せないから、キャビンアテンダントさんに説明できなくて……どうしたらいいですか？」

「はい。今そちらに伺いますね」

ちょうど書類などは全部鞄《かばん》にしまった後だ。わたしは貴重品だけ持って、糸井さん親子の座る座席へと向かった。

幹夫さんは、窓際の座席に座っていた。手前には、外国人男性が座っている。わたしは彼に断って、真ん中の席に座って、幹夫さんの席の画面を操作した。

操作ミスではなく、故障のようだ。わたしは、キャビンアテンダントのフランス人らしき女性を呼び止めた。英語で動かないことを訴えると、彼女もわたしと同じように画面を操作した。

「故障ね。この便は満席で、移動してもらう席がありません」

キャビンアテンダントは早口にそう言うと、肩をすくめた。これ以上はなにもできないといった仕草だ。

「ひとつも空いていませんか？」

「ええ、一席も」

もしかしたら、ビジネスクラスなどは空いているかもしれないが、画面の故障くらいでビジネスには移してもらえないだろう。

「申し訳ありませんが、移れる座席がないそうなんです。もし、娘さんと離れても大丈夫なら、わたしの座席と替わることもできますけれど」

幹夫さんはあきらかにむっとした顔になった。

「添乗員さんの隣の人に替わってもらえば、娘とふたりで移ることはできるんじゃないか？」

残念ながら、わたしの隣は二人連れの外国人だし、たとえひとり客でも、こちらの都合で替わってくれとは言えない。

「それは……難しいかと……」

結さんがわたしとの間に割って入る。

「もういいよ。わたしは映画見なくてもいいし、わたしの席と替わればいいじゃない」

「俺は真ん中の座席はいやなんだ。窓際がいい」

なら画面の故障は我慢してもらうしかない。だいたい、中央の座席が好きな人などいるもんか。それでも誰かが座らなければ、飛行機は出発できない。

結さんが、少し困ったような顔でわたしを見た。

「すみません。もう大丈夫です。席に戻ってください」

「なんだと？　おまえはいつもちゃんと主張しないから、貧乏くじばかりを引くんだ。ちゃんと言うべきことを言いなさい」

後ろから幹夫さんはそんなことを言う。主張したからと言って、すべてが思い通りになるわけではないし、フランス人は手強《てごわ》い。

それでもわたしは一応笑顔を作った。

「他のＣＡさんに聞いてみますね」

無駄だとわかっていても、全力を尽くすのが添乗員の仕事である。

ベテランに見える人を探して、交渉したり、日本人ＣＡを探しに行ったりしてみたが、やはり空席はないようだった。

その報告に、糸井さんたちの座席に行くと、幹夫さんはぐうぐうと眠っていて、拍子抜けした。

結さんはわたしに気づいて、ぺこりと頭を下げた。

「すみません。ご迷惑をおかけしまして」

「いえ、それは大丈夫です」

一事が万事そうなのだろうか。結さんの下がり眉から、彼女の苦労が窺《うかが》える気がした。


リュブリャナの空港は、シャルル・ド・ゴール空港とは全然違った。こぢんまりとした二階建ての建物は、日本の地方空港くらいの大きさだ。

荷物を受け取って、税関を通って、到着口から外に出る。

パッション旅行社の札を持っている金髪の女性が目に入って、ほっとした。ガイドのマーシャだ。

メールでもやりとりをしていたので、初対面の感じがしない。わたしたちは握手をすると、ツアー参加者を集めた。今はもう現地時間の夜七時だから、後は夕食を食べて、ホテルに案内するだけだ。

外は明るいし、飛行機の中で二時間ほど寝ることができたが、それでもわたしの体内時計は深夜だと訴えている。時差は七時間。日本時間だと深夜二時なのだから、仕方ない。

それでも、ひとりではなく、現地のことを熟知したマーシャがいるので少し安心できる。

ツアー客を乗せたバスは、リュブリャナへと向かいはじめた。

眠気を押し殺して、わたしはバスの椅子に座ったまま、スロベニアという国について解説する。

アルプスとアドリア海に面したこの国は、豊かな食材に恵まれている。塩や蜂蜜、トリュフなども有名だ。

旧ユーゴスラビアの中では特に経済の回復が早かったと聞く。イタリアやオーストリアとの距離も近く、隣国に働きに出ることができたことも、その理由のひとつだという。

国民性はシャイで勤勉だという話だった。

すべて本やインターネットで知った情報を、まるでよく知っている国のことを語るように説明する。嘘《うそ》をついているようで、少し胸が痛いが、ツアー参加者の中には、まったく行き先について、調べてこない人もいるから、必要なことだ。

せめて、明後日、この国から出るときには、もっと実感を持って、この国のことを語れるようになりたい。この国を好きになりたい。

少しずつ、日が沈んで、夜が近づいてくる。バスは高速道路を降りて、市街地に入ってきた。

マーシャが口を開いた。

「そろそろリュブリャナ旧市街よ」

山の上に無骨な城壁らしいものが見える。あれがリュブリャナ城なのだろう。

旧市街にバスが入る。わたしは、息を呑《の》んだ。

街中を流れる小さな川、ピンク色のバロック様式の教会、公園ではコンサートが開かれているのか、音楽が流れている。

緑と水と音楽と、古い建物。日没の中のその街は、夢でも見ているように美しかった。

好きになりたいとか、良さを伝えたいとか、意気込む必要などなかった。一瞬で、わたしはこの街に魅了されていた。


レストランは駅の近くにあった。バスは店の前に停《と》められないから、バスを降りて三分くらい歩いた。

前を歩いていると、糸井幹夫さんの声が聞こえてくる。

「ほほう、新婚さんですか。それはめでたい。どうやってお知り合いになったんですか？　仕事関係で？」

とっさに振り返った。やはり糸井さんは新婚の白石夫妻に話しかけている。隣で結さんが少し困ったような顔をしていた。

「お父さん、やめなよ」

結さんが小声で言う。白石夫妻の方はあまり気にせず、笑顔で会話に応じているが、度を過ぎると嫌な気持ちになるだろう。明日から気をつけなくてはならない。

「うちの娘は、三十五になっても甲斐性《かいしょう》がなくて、彼氏もいないんですよ。仕事は派遣で、給料も安いし」

後ろを歩いていた二十代の女友達三人、木下《きのした》さん村田《むらた》さん坂本《さかもと》さんがあからさまに嫌な顔になる。今、若い女性はわたしも含めて派遣労働者が多い。身内の気安さで、娘を貶《けな》したつもりが、他の人まで嫌な気分にすることを理解していないのだろう。

だいたい、派遣労働になってしまうのもお給料が安いのも、本人だけが悪いのだろうか。社会が派遣労働という働き方で、正社員にせず使い捨てにすることを許容して、安い給料で働かせているのがすべての元凶だ。

幹夫さんがもし、企業勤めだとして、派遣社員という仕事を選ばずに済んでいるのは、働きはじめたとき景気がよくて、正社員という働き方が主流だっただけではないか。そして、もちろん男だからでもある。同じ時代の女性が、同じ条件で雇用されたはずはない。

白石隆弥《たかや》さんは、笑顔で幹夫さんと会話している。

「でも、いいお嬢さんですよね。お父さんと一緒に旅行してくれるなんて。ぼく、父親とふたりで旅行したいと思いませんもん」

さりげなく結さんをフォローしている。いい人過ぎる。

「いやあ、旅行代も俺が出してやっているんです。ひとりでは、海外旅行もひとり暮らしもできない程度の薄給ですから」

たまに、身内の女性を貶すことが当たり前のコミュニケーションになっている人がいて、関係ないわたしでも腹が立つ。うちの父親は、ここまでひどくはないが、それでも同じ世代で、似た傾向は持っている。

「奥さんはお留守番ですか？」

そう尋ねたのは隆弥さんの妻、真世《まさよ》さんだ。

「妻は、五年前に他界しましてね……」

「そうだったんですね。すみません」

レストランに到着した。マーシャは今日はここで別れて、後はわたしがテーブルの割り振りをする。ちょうど、ふたりがけの席があったので、そこに白石夫妻を案内した。

わたしは女性三人組と同じテーブルに混ぜてもらうつもりだったが、糸井親子を他の人と一緒にしない方がいいかもしれない。

藤岡《ふじおか》一家は四人掛けのテーブルで問題ないし、七十代の熊井《くまい》夫妻と、四十代男性ひとり旅の高村《たかむら》さんを同じテーブルにした。三人組の女性は三人でひとつのテーブルを使ってもらうことにして、そして、わたしが糸井親子と一緒に座ることにした。

糸井親子だけで座ってもらっても、この様子なら、他のテーブルに話しかけたりしそうだから、わたしが話し相手になる方がいい。

今日の夕食は、スロベニアの名物「クメチュカ・ポイェディナ」という料理を食べる。農家のお祭りという意味で、スロベニア名産のソーセージやローストポーク、ベーコンなどを盛り合わせたものだ。

聞いただけで美味《おい》しそうだが、到着した日は疲れているから、あまりボリュームのあるものはたくさん食べられない。

明日はトリュフ料理が有名なレストランに行くことになっているし、スロベニアには二日しかいないから、仕方ない。

ビールやワインなどの個別注文をまとめて、ウエイトレスの女性に頼んで、自分のテーブルに戻ると、さっそく幹夫さんが話しかけてきた。

「添乗員さんは独身ですか？」

わたしは業務用の笑顔を顔に貼り付けた。

「独身ですよー。誰かいい人いれば紹介してください」

そんなことは微塵《みじん》も思っていないのだが、この人の失礼な詮索癖《せんさくへき》が他の参加者に向けられるよりは、わたしがその欲求を満たしてあげる方がいい。

他の参加者は、お金を払って楽しむためにきているのだし、その思い出がうんざりするようなものになることだけは避けたい。

「おお、そうですか。でも、一週間も十日も家を空ける仕事だと、結婚してから続けるのも大変でしょうねえ」

「お父さん、やめなよ。失礼でしょ」

さすがに見かねたらしい結さんが止める。

「なんだ。なにが失礼なんだ。お父さんはただ、話をしてるだけだ」

そう、失礼であることすら、この人は気づかないし、気づかないでいい人生を送ってきた。うらやましくはないが、そんな人はこの世界にたくさんいる。

「でも、添乗員さんは英語ぺらぺらだし、まだ若いから外国の人と結婚したりするんじゃないですか」

わたしはにっこりと笑った。

「さあ、どうでしょう」

頭の中では、幹夫さんの顔に墨の付いた筆で、バッテンを付けたりパンダのように目のまわりを黒く塗ったりしている。自然に笑顔が作れるので、ちょうどいい。

ビールや他の飲み物が運ばれてくる。わたしは会話の主導権を取るために、幹夫さんに尋ねた。

「お仕事はなにを？」

「いやいや、しがないサラリーマンでした。ようやく定年になって、退職金で海外旅行にきただけで……」

ビールを飲みながら機嫌良く語る幹夫さんを見ていると、業務用の笑顔すら剝《は》がれそうだ。

結さんも派遣社員だと言っていたし、わたしもそうだ。わたしたちには定年などないし、退職金ももらえない。定年にならずとも、企業の都合でやめさせることができる。

彼が当たり前だと謙遜《けんそん》するものを、わたしたちは手に入れることができない。

それはわたしたちの責任なのだろうか。

運ばれてきた料理はとても美味しそうだったのに、なんだかよくわからない味がした。


翌日はスロベニア観光の日だった。朝からブレッド湖という有名な湖を見て、午後にはポストイナ鍾乳洞《しょうにゅうどう》を訪れる。

明日の午前中に、二時間ほどリュブリャナを観光した後、クロアチアに移動する。

一週間くらい、この街にゆっくり滞在できればいいのに、と思ったけれど、そんなツアーなどめったにないだろう。

旅行添乗員として働くことを決めたとき、仲のいい友達に言われたことがある。

「好きなことを仕事にするって、大変そう」

そのときは彼女が言うことはよくわからなかったけど、最近ときどき思い出す。

旅は好きだから、まだ後悔はしていない。でも、はじめての街にきても、他の人のことばかり気にして、ゆっくり街歩きもできないのは悲しい。

そして、たった三日でこの街を離れる。

いつか、この仕事に就いたことを後悔するのだろうか。

車窓から見える景色は、なだらかな山が続いていて、いつまで見ていても飽きない。はじめて見るのに、ずっと知っているような懐かしささえある。

リュブリャナの街の美しさに驚いたが、この国では自然も美しい顔をしている。

それでも、添乗員という仕事をしていなければ、この国の美しさを知ることはなかったかもしれないし、知ったとしてもずっと後のことだっただろう。

自分では休暇の旅行先に選ばなかった国だ。

だから、まだこの選択は間違っていない。わたしは自分に言い聞かせた。


ブレッド湖に到着する前、空を覆っていた雲が晴れて、太陽が顔を出す。

バスから降りたわたしは、大きく伸びをした。空気が澄んでいて、気持ちがいい。

山の上に見えるのはブレッド城だろう。馬車や徒歩で行けるという話だが、今回のツアーでは下から見上げるだけだ。

湖のまわりを少し散歩して、その後、手こぎボートで、ブレッド湖の真ん中にあるブレッド島に向かう。

そう、この湖は、真ん中に島があり、そこに小さな教会があるのだ。教会の鐘を鳴らすと願いが叶《かな》うとか、訪れた恋人は永遠に結ばれるという伝説もあるらしい。なんてロマンティックなのだろう。

白石夫妻が新婚旅行先に選んだ理由もよくわかる。

二十代の女性三人組は、歓声を上げながらスマートフォンで写真を撮影しまくっているし、一人旅の高村さんは一眼レフを構えて、写真を撮っている。

たしかにこの湖の写真は、SNSなどに載せると映えるだろう。

今日は幹夫さんは熊井夫妻の貞治《さだはる》さんと話し込んでいる。さすがに年上の男性相手には失礼なことは言っていないようで、ほっとする。

（おじさんは、おじさん相手だと礼儀正しいんだよね）

そう心で思う。ずっとおじさん同士で仲良くしていてくれればいいのに。

湖沿いを歩いていると、結さんが話しかけてきた。

「昨日はどうもすみませんでした。父が失礼なことを言って……」

「全然平気です。気にしないでください」

結さんを安心させるために言ったことばではない。たぶん、幹夫さんはあの年代のおじさんとしては、ごく普通か、ちょっと不躾《ぶしつけ》な程度でしかない。いちいち腹を立てていてはツアー添乗員なんてできない。

結さんはわたしの返事を聞いて微笑《ほほえ》んだ。

「すごくきれいな場所ですね。よく知らなかったけれどきてよかったです」

笑顔の彼女を見て、わたしもどこかほっとする。彼女は続けた。

「添乗員さんって素敵な仕事ですね。いろんなところに行けて……」

「お給料は安いですけどね。でも旅が好きなのでやってます」

新米だけど、と心で付け加える。

「これまで行った中でどこがよかったですか？」

その質問はなかなか難しい。アイスランドしか添乗員としては行っていない。あたかもたくさんの中から選んだような顔で答えた。

「アイスランド、とてもよかったですよ」

結さんは少し寂しげな顔になった。

「遠くですね。一生そんなとこ行けないんだろうな」

「スロベニアだって、一生こない人がたくさんいる国ですよ。でも糸井さんは今、ここにいる」

胸を張ってそう言ったのに、彼女の表情は晴れなかった。

なにか悩みがあるのだろうか。

思い切って言った。

「島にある教会の鐘を鳴らしましょう。願いが叶うらしいですよ」

彼女はぎこちない笑顔を作った。

「いいですね」

自分の言ったことを信じていないような声だ、と思った。

島に渡るボートは、定員が十四人だった。わたしやマーシャも行くとなると全員は乗れないので、ざっくりと二艘《そう》に分かれる。

わたしが乗った方には、熊井夫妻と糸井親子、木下さんら女性三人組とわたしが乗ることになった。

ボートの漕《こ》ぎ手は慣れた手つきで、島に向かって進んでいく。

湖畔からは遠く見えたブレッド島と教会がどんどん近くなっている。遠くから見ても美しかったが、教会の姿がはっきりわかる距離で見ても素敵だ。

湖には白鳥が泳いでいる。まるでおとぎ話の世界みたいだ。アルプスの真珠と呼ばれているのも頷《うなず》ける。

幹夫さんの話し声が聞こえる。

「本当は、息子夫妻と一緒にきたかったんですけどね。仕事を休めないとか、なんとか。今の若い人もなかなか大変ですな」

自分のことではないのに、胸がきゅっと痛くなった。結さんが聞いて、気を悪くしないだろうか。

結さんの方を窺うと、無表情のまま、湖を眺めている。いつものことなのかもしれない。兄なのか弟なのかわからないが、本当は息子夫婦ときたかったといっても、息子の妻の方は義理の父と旅行するなんてまっぴらなのではないだろうか。

気遣いができる義父ならまだしも。

自分の娘や、わたしに対してデリカシーがないのに、義理の娘にだけ気遣いができるとは思えない。

貞治さんの妻である明代《あきよ》さんが言った。

「いまどきの若者は、自分たちで行きたいところに行きたいんじゃないですか？」

鋭い、と思ったが、幹夫さんは片手を振って否定した。

「いやいや、だってわたしが旅行代を持ってあげると言ったら、行けないことを悔しがってましたよ。休みさえ取れれば行きたいけど、自由にならないそうなんですわ」

わたしがもし息子の妻で、世界一周旅行の費用を出してくれると言っても、一緒に旅行に行くのは嫌だと思う。

熊井夫妻は、ちょっと苦笑いするように視線を合わせた。

わかる人にはわかるが、わからない人にはわからない。まるで見えない壁が存在しているようだと思う。

ボートが島に到着する。もう一艘のボートは先に到着して、もう島に上がってしまったらしい。

湖の色が湖畔から見たときよりも深い。

島で過ごすのは三十分だけだが、ごく小さな島だ。三十分もあれば、充分過ぎるだろう。

階段を上がっていくと、白石夫妻が教会を見上げていた。

わたしは息を切らしながら、白石さんたちに話しかけた。

「どうですか？　鐘、もう鳴らしましたか」

真世さんが困ったような顔でこちらを見た。

「鐘、今日は修理中らしくて鳴らせないそうです。みんながっかりしています」

「ええっ」

驚いたが、どうしようもない。特にヨーロッパの古い建物は常に修理を繰り返している。

階段を登りきると、暇を持て余しているような観光客がうろうろしていた。

迷信を信じるわけではないが、ここまできて鐘が鳴らせないというのも、少し寂しい。

わたしに続いて結さんが上がってきた。わたしの表情に気づいたのだろう。不審そうに尋ねる。

「どうかしました？」

「それが、教会の鐘が修理中だそうで……」

「ははっ」

結さんは乾いた声で笑った。その声がなにかを意味しているみたいで、わたしは息を呑んだ。

「仕方ないですよ。そういうこともありますよ」

どこか投げやりな彼女の声を聞きながら、わたしは後悔した。

なぜ、願いが叶う鐘の話なんてしてしまったのだろう。

昼食のレストランに向かいながら、わたしはバスの中の会話に耳をそばだてていた。

わたしなら、教会の鐘が修理中だったことは、残念だが仕方のないことだと考えることができる。

また仕事で来る可能性だって高いし、なんだったらプライベートで、ゆっくりきてもかまわない。リュブリャナは美しい街だから、なにもせずに街歩きだけしても、きっと素敵だ。

でも、ツアーのお客さんたちにとってはどうなのだろう。

多くの海外旅行ツアーは、お客さんたちがその土地をはじめて訪れることを前提として、旅程を組んでいる。有名な観光地には必ず行くし、名物料理も欠かさない。たとえば、パリを訪れるツアーでは、ヴェルサイユ宮殿とエッフェル塔、ルーブル美術館はたいてい組み込まれている。

パリが二度目で、エッフェル塔にもヴェルサイユ宮殿にも行きたくないという人は、マニアックな旅程のツアーを探すか、もしくは添乗員もガイドも付いていない、飛行機とホテルだけのパック旅行に申し込むだろう。もしくは完全な自由旅行か。

そして、添乗員付きツアーという旅行の形を好む人たちの多くは、その土地を再訪することはない。それなら、別の国に行くツアーに申し込む。

たぶん、このツアーのお客さんたちも、スロベニアにはもうこないだろう。なんたって、日本人の九十八パーセントが訪れない国だ。

「また、次の機会がある」なんてことはないのだ。

じくじくと胸が痛む。もちろん、わたしのせいではない。でも、新婚旅行というめったにない機会でやってきた白石夫妻の気持ちや、どこか寂しそうな結さんの気持ちばかり考えてしまう。

幸い、不満を口にしている人はいないようだった。ただのおまじないだと考えていたら、残念だったねと笑って済む話なのかもしれない。

わたしが気に病んでしまうのは、結さんを元気づけるために、教会の鐘の話を持ちだしてしまったからかもしれない。

いつまでも暗い気持ちを引きずっていてはならない。わたしは気持ちを切り替えることにした。添乗員にとっては、笑顔も仕事なのだから。

昼食は、リュブリャナの近くまで帰ってきて、コトゥレットを食べた。

つまり、カツレツ。仔牛《こうし》の肉を薄くのばして、衣をつけて揚げた料理だ。日本のトンカツやビーフカツなどとはかなり違うが、それでも親しみやすく、多くの人が好きな味なのは共通している。

薄い肉に塩胡椒《しおこしょう》で味付けしてあるから、レモンだけを絞って食べる。衣は薄いが、さくさくとして食感がいい。

オーストリアのシュニッツェルとも、イタリアのミラノ風カツレツともよく似ている。距離が近いだけに影響があるのかもしれない。

付け合わせは、たっぷりのポテトフライ。

わたしが留学していたアルゼンチンはイタリアルーツの人が多く、ミラネサという、似たような料理もあって、よく食べた。だから、少し懐かしい。

美味しいものを食べると元気が出る。ようやくわたしの気持ちも晴れてきた。

同じテーブルに座った幹夫さんは、ビールを頼んで、機嫌良く飲んでいる。たしかにこの料理には、ビールがよく合うだろう。

結さんの方は、あまり食が進まないようだった。わたしは彼女に尋ねた。

「お口に合いませんか？」

「美味しいんですけど、でも、揚げ物なのに、付け合わせもポテトフライって、なんだか重いですよね。普通はキャベツの千切りとか」

「日本ではそうですよね」

普通ってなんなんだろう。日本でトンカツを頼んだとき、ポテトフライが付け合わせについてくることはほとんどないだろうが、アルゼンチンのミラネサはポテトフライや、バターがたっぷり入ったマッシュポテトが「普通」だった。

おまけにミラネサの上には、チェダーチーズやベーコンをトッピングしたものなどもあった。カロリーのことを考えると恐ろしいが、慣れれば美味しく食べられてしまう。

結さんはポテトフライをほとんど残していた。コトゥレットも半分くらいしか食べていない。

他のテーブルに目をやると、ポテトフライを食べきっている人の方が少ないくらいだ。

わたしがポテトフライを食べていると、幹夫さんが言った。

「そんなに食べると、太りますよ」

結さんが怒ったように言った。

「お父さん！」

「なんだ。おまえだって、そんなに食べてばかりいると、よけいに縁遠くなるぞ」

ちょうど他のテーブルでの会話が途絶えたときだったせいで、その声が予想外に響いた。何人かの女性たちが、不快そうに幹夫さんを見たが、彼は気づいていない。

こういうときは、輪をかけて無神経なふりをするしかない。

わたしはにっこりと笑った。

「えー、美味しいものをお腹《なか》いっぱい食べるのがいちばん幸せですよ」

幹夫さんだって、ビール腹で、髪の薄いおじさんで、自分は容姿になどまったく気を遣っていないのに、なぜ、女性にはそんなことを言っていいと思うのだろう。

他の国でもルッキズムがないわけではない。アルゼンチンでも、女性は美しくあらねばならないというプレッシャーを感じた。でも、それと同じくらい、男性にも美やセンスの良さが求められている気がした。

日本のおじさんたちのように、自分たちのことが完全に棚上げされているようなことはなかった。

わたしは、わざとのように、ポテトフライをぱくぱくと口に運んだ。だが、結さんはそれ以上、なにも口に入れようとしなかった。

午後からはポストイナ鍾乳洞を観光することになっていた。

ヨーロッパで最大と言われる鍾乳洞で、トロッコ列車で三キロ走った後、二キロ歩くと聞いている。

日本で鍾乳洞を見たことはあるが、それとは比べものにならないような大きさだ。

洞窟内は、最高気温が十度以下と、かなり冷えるようだ。駐車場に車を停め、バスの中で、みんな防寒着を着込む。

わたしも薄手のダウンジャケットを羽織った。

トロッコ列車で観光するから、出発は三十分に一回と決まっている。マーシャが団体受付に行ってくれて、わたしたちは、他のツアーや個人での観光客と一緒に、列に並んだ。

日本人らしき人はあまり見ない。アジア系は中国の人たちが多いようだ。韓国からのツアーらしき団体もいた。

だが、やはりいちばん多いのはヨーロッパの人たちだろう。フランス語やイタリア語、そしてドイツ語らしき言葉が、あちこちから聞こえてくる。距離も近いから当然だ。

マーシャが戻ってきて、チケットとオーディオガイドを受け取る。

彼女は鍾乳洞の中には入らないから、わたしが参加者をしっかり引率しなければならない。鍾乳洞の専門ガイドは英語で案内してくれるし、オーディオガイドは日本語だから、大丈夫だとは思うが、少し緊張する。

トロッコは何両も繋がっていて、ジェットコースターのように二人ずつ座るようになっている。わたしは女性三人旅の坂本さんと並んで座った。

トロッコが発車すると、子供たちの歓声が上がる。

薄暗い鍾乳洞の中を列車で走るという経験は、遊園地のアトラクションみたいでわくわくする。

がくがくと揺れながらカーブを曲がるのが、またジェットコースターみたいだ。

五分ほど走った後、トロッコ列車はぽっかり空いた空間に止まった。

「ここからは歩きます」

わたしたちの集団の、英語ガイドが言った。屈強な男性で、分厚い防寒具を着込んでいる。

「濡《ぬ》れていて、滑りやすいので、足下に気をつけてください」

たしかにトレッキングシューズを履いていてさえ、足下は少し不安だ。わたしは熊井夫妻と一緒に歩くことにした。

細い道を通り、橋を渡る。あちこちに目を見張るような自然の造形が存在している。鍾乳洞と言われてイメージするような、つららのような形のものは数え切れないほど天井からぶら下がっている。巨大なきのこのように、地面から生えたもの、柱のような形をしているもの。一ミリ形作られるまでに、十年かかるという。

きらきらと光るのは、ポストイナのダイヤモンドと呼ばれる白い鍾乳石だ。

何千年、何万年の歳月が造り上げた自然の形に、わたしは息を呑むことしかできなかった。

何度もきたふりをしなければならないことを忘れて、驚きの声を上げてしまったような気もする。

中には、コンサートホールと呼ばれる広大な空間もあった。実際に、ここでコンサートが開催されたこともあると、ガイドの男性は言った。

想像するしかないが、きっと夢のような体験なのだろう。

小さな入り口や、鍾乳洞ということばのイメージだけではわからない。数カ月前までは、名前しか知らなかった国が、こんな豊かなものを持っていたなんて。

ときどき、仕事のことを忘れそうになりながら、わたしは参加者と一緒になって歩いた。

ツアーが終わりに近づいたときだった。

ガイドが大きな水槽の方へとわたしたちを案内した。

「こちらにいるのは、ドラゴンズベイビーです。スロベニアからクロアチア、ボスニア・ヘルツェゴビナの近辺のみに生息する、天然記念物です」

ドラゴンの赤ちゃんという説明に、観光客たちの中から小さな声が上がる。

だが、本当にドラゴンの赤ちゃんというわけではない。和名はホライモリという両生類で、とても珍しい生き物であることはたしかだ。

ガイドの男性は、次々と説明を続けた。

鍾乳洞などの深い洞窟の水中にのみ生息していて、地上で見られることはほとんどないということ。目は完全に退化していて、他の器官で光を感知すること。目が見えない代わりに、聴覚や嗅覚などがとても鋭敏であること。

そして、六十年から百年と、とても長く生きると言われていること。

繊細で敏感な生き物だからだろう。水槽の近くの光量はごくわずかで、わたしたちは暗い中で必死に目をこらした。

人の肌のような薄いピンクのイモリが、そこにいた。

百年も生きるにしては、あまりにも小さい。二十センチくらいの長さしかない。

餌は巻き貝や小さなカニなどだが、身体が飢餓に耐えられるようになっていて、餌なしで十年生きた例もあるという。

皮膚の色が、人間の肌に近いから「類人魚」と呼ばれることもあるという。

不思議な、あまりにも不思議な生き物。

わたしは、息を呑んで、そのピンクの生物を見つめた。

ホライモリの展示で、鍾乳洞の見学は終わりだった。

出口近くには、土産物《みやげもの》の店などもあった。ピンクのホライモリのぬいぐるみが山積みになっている。

ピンクのリボンをつけたその子が可愛《かわい》らしくて、わたしは急いでひとつを選んで買った。

夕食はトリュフ料理のコースだった。

トリュフのかかったサラダ、トリュフとクリームのパスタ、そしてステーキにトリュフのソースをかけたもの。

トリュフなんて、日本では食べたことないが、それでも高級食材であることは知っている。そして、このレストランがリーズナブルであることもわかる。

料理自体はシンプルだが、トリュフはたっぷり入っているし、香りがとても良い。

スロベニアはトリュフの名産地だから、手頃な価格で手に入るのだと聞いた。鍾乳洞からの帰り道に立ち寄った土産物店でも、トリュフの瓶詰めが売っていた。どうやって料理していいのかわからないから買わなかったけれど、白石夫妻などはうれしそうに買い込んでいた。

この日の夕食は、テーブルの数がぎりぎりだったので、わたしは女性三人組と一緒に座っていた。

幹夫さんと結さんは熊井夫妻と同じテーブルに座ってもらうことにした。年上の人たちの前では、幹夫さんはそれほど失礼なことは言わない。幹夫さんが、結さんをからかうようなことを言ったときも、熊井夫妻は優しくフォローしてあげていた。

この組み合わせだと、トラブルにはならないようだ。念のため、わたしからも近いテーブルにしてもらう。

女性三人組の、木下さん、村田さん、坂本さんは、大学の同級生だという話だった。テレビで見たクロアチアの美しい景色に惹《ひ》かれてくることにしたが、スロベニアのことはほとんど知らなかったと言っていた。

「でも、ブレッド湖、きれいなのにびっくりしました」

「おとぎ話の世界みたい」

わたしはうんうんと頷いた。

隣のテーブルの会話が耳に入ってくる。

幹夫さんと熊井夫妻は、旅行先とは思えないような重苦しい話をしていた。

介護保険がどうとか、認知症がどうとか聞こえてくる。わたしは、木下さんたちとの楽しい会話に加わるのをやめて、耳をそばだてた。

「うちの母のときも、なかなかうまくいかなくて……、家ではなにもかも忘れてしまっているのに、医者の前にくると、急にはっきり喋《しゃべ》りだしたりして」

そう言っているのは幹夫さんだ。

「わたしの父のときは、医師がなんというか……おおざっぱな人で……こちらができないと言っているのに、できると思い込んでいたり……」

明代さんがため息まじりにそう答える。

どうやら、介護保険の要介護度の認定にまつわる話らしい。介護が必要ないと診断されれば、受けられるサポートが減ってしまうようだ。

ある程度の年齢以上の人たちは、病気についての話が好きだ。両親が同世代の親戚と集まると、健康診断や体調不良の話ばかりしている。もう少し上になると、介護や老化の話になるのだろう。

結さんは退屈ではないだろうか。ちらりと目をやると、彼女は笑顔を貼り付けたような顔で、その話を聞いていた。

彼女はわたしよりも年上だけど、それにしたって、あまり食事時に聞きたい話ではないのは同じだろう。

友達同士なら、こっちのテーブルにおいでと誘えるけど、幹夫さんと引き離すわけにもいかない。

デザートには、クリームシュニッテと呼ばれるカスタードやホイップクリームを挟んだケーキが運ばれてきた。

ヨーロッパのケーキは、甘すぎてびっくりすることが多いけれど、これはどこか軽くて、日本人の好みにも合うような気がする。

まるで、この国そのものみたいだ、と思った。

明日には、この国を発《た》たねばならないことが、急に寂しく思えてくる。

この先も、自分の意思とは違う、出会いと別れが繰り返されるのだろう。土地に対しても、そして人に対しても。

急に、とても寂しいような気持ちが押し寄せてくる。


ホテルに帰って、会社に報告メールを送った。シャワーを浴びて、パッキングを済ませて、明日のスケジュールを確認する。

リュブリャナの観光はマーシャがいるし、後はクロアチアへの移動がメインだから、細かな調整が必要なわけではない。

市内観光のルートを確認しているうちに、足をつかんで引きずり込まれるような眠気が押し寄せてくる。

最後に残る気力でアラームをかけて、ベッドに倒れ込んだ。

少しうとうとしたような気がした。

いきなり携帯電話が鳴って、わたしは飛び起きた。寝ぼけ眼《まなこ》で携帯をチェックする。知らない番号だが、ツアーの参加者かもしれないから出るしかない。

「はい……」

「娘がいなくなった！」

「はい？」

「ちょっと寝て、目が覚めたら、娘がいなかった！」

ようやくその声が幹夫さんのものであることに気づく。

「結さんが……？」

「そうだ！　いったいどこへ……」

寝起きの頭に、ようやく内容が伝わってくる。わたしは時計を確認した。深夜十二時を過ぎている。

女性が知らない街を歩くのに、あまり適した時間とは言えない。リュブリャナは治安のいい街だが、それにしたって遅すぎる。

「今、そちらに参ります」

わたしは手帳を見て、糸井親子の部屋を確認した。同じフロアだ。

急いでパジャマを脱いで、明日着ようと思っていた黒いパンツと、コットン素材のセーターに着替え、糸井親子の部屋をノックした。

ドアが開いて、幹夫さんが出てきた。顔色が青い。

「結さん、携帯電話はお持ちですか？」

「携帯電話は持っているが、海外で使う契約はしていないから電源は入れていないと聞いている」

心がざわついた。旅行することがわかっていても、海外で使えるようにしていないのは、たぶんお金の問題だ。幹夫さんの携帯電話は海外でも使えるプランなのに。

「荷物とかはいかがですか？」

「スーツケースはあるけど、それ以外のことはよくわからない」

わたしは記憶を辿《たど》る。結さんは、たしか斜めがけのバッグを提げていた。

「斜めがけのバッグ、ありますか？　茶色いの」

幹夫さんは一度部屋に入った。すぐに戻ってくる。

「ない……」

じゃあ、それを持って夜の散歩に出かけたのだろうか。携帯電話が通じないと厄介だ。

「わたし、ちょっと探してきます」

「俺も……」

「糸井さんはここで待っていて、結さんが帰ってきたら、携帯電話に連絡ください」

帰ってきたことに気づかず、探し回ることになるのも困るし、なにより幹夫さんまで迷子になってしまえば大変だ。

わたしはホテルを出て、夜の街に足を踏み出した。

一瞬、息を呑んだ。

街が宝石かなにかのようだった。川沿いの街灯がきらめいて、街を映し出している。魔法の世界に迷い込んだような気持ちになる、
人の姿はあまりない。だが、その分、結さんを見失わないような気がした。

この美しさに誘われて、彼女は夜の散歩に出かけたのだろうか。

わたしは自分に言い聞かせる。彼女は自殺なんか考える人ではない。

わたしは川沿いを歩くことにした。この旧市街の中心にあるのは川で、いちばん美しいのもこの川沿いだ。橋はどれもライトアップされていて、きらきらと輝いている。

少しだけ心が前向きになる。こんな美しい景色の中なら、歩きたいと思っても不思議はないかもしれない。

聖ヤコブ橋を渡り、旧市街に入る。川沿いに腰を下ろす恋人たちを横目に、わたしは走り出す。

息が切れないくらいの速度で、少しでも早く結さんを見つけるため。

美しい建物の間を通りぬけ、チェヴリャルスキ橋の横を通る。笑ってしまうようなユーモラスな彫刻がいくつもある。

リュブリャナ大聖堂が見えてくる。その先にあるのは三本橋。その名の通り、三つの橋が並んでいる。有名なフランシスコ会教会の前にあるから、リュブリャナでいちばん美しい橋かもしれない。

その先は肉屋の橋という意味のメサルスキ橋、たくさんの愛の錠前が架かった橋だ。

昼間は市が立つヴォドニコフ広場にも、今は人影がない。

その先にある竜の橋に、人影を見つけてわたしは息を吞んだ。結さんだった。

なんとなく、結さんはずっと川を見下ろしているのではないかと勝手に思っていた。だが、彼女は橋のたもとにある竜の彫刻を見上げていた。

わたしは声を上げた。

「結さん！」

彼女は目を丸くした。

「添乗員さん？」

わたしは橋の手前で、ようやく足を止めた。さすがに息が上がる。

「よかった。散歩してたんですね」

呼吸を整えながら、そう言った。なるべく彼女を責めるようなことを言いたくなかった。

「もしかして、父が起きてしまったんですか？」

わたしは頷いた。

「すみません……。ちょっとだけ歩いて、ひとりでこの橋が見たかっただけなんですけど」

「いいんです。ご無事でしたら。リュブリャナは治安のいい街ですから、心配することないかな、とも思ったんですけど、お父さんが心配されてたので」

彼女はふふっと鼻で笑った。そして竜を指さす。

「ドラゴン。立派ですよね」

「ええ、そうですね」

リュブリャナの象徴とも言われるドラゴンの像。大きな翼と、鋭そうな爪、開いた口からは舌がのぞいていた。日本で描かれる竜とは少し違う。彼女は話し続ける。

「昼間、鍾乳洞で、ドラゴンの赤ちゃんを見ましたよね」

「ホライモリですね」

「あの子、わたしみたいだと思ったんです」

結さんは、橋の欄干に身体をもたせかけて笑った。

「わたし、いつか自分がドラゴンみたいに立派になれるものだと信じてた。だって、学校の成績も良かったんですよ。こんなこと言うと、感じ悪いのは知ってるけど、立派になれなかった負け惜しみだと思って、聞いてください。高校の公立の進学校に行って、国立の大学に入って、兄みたいに私学に入れてもらったわけじゃないけど、ずっと兄よりも勉強ができて、それが自慢だった。笑っちゃうけど」

ぎゅっと胸が痛んだ。わたしにも弟がいる。通う学校で差をつけられたわけではないけれど、いつも晩ご飯の後片付けを弟は免除され、わたしは手伝わされた。心に突き刺さった小さな棘《とげ》は、今もときどき疼《うず》く。

「今じゃ、兄は大企業に就職して、結婚して子供もいる自慢の息子で、わたしは結婚もできなくて、派遣で働いてる残念な妹。なにがやりたかったのかも、もう忘れちゃった」

これまででいちばん明るい口調なのに、その声には哀《かな》しみが潜んでいた。

「わたし、ホライモリみたい。自分がドラゴンの赤ちゃんなんだって思いながら、六十年も百年も深い洞穴のそこで目を閉じて眠り続けている。自分がいつか、ドラゴンになる夢を見ながら……」

彼女はたしか三十五歳。三十代は決して再挑戦ができない年齢ではないけれど、それでもその年からはじめても手に入らないものはたくさんあるだろう。

彼女はたぶん、その壁に本当にぶつかって、そして実感として乗り越えられないと感じている。他人が乗り越えられると言うのは、傲慢だ。

「言い訳するけど……わたしだって怠けてたわけじゃない。祖母が認知症になって、介護で家中大変で……母がとても苦労していて、それでも知らんぷりするなんてできなかった。そんなの振り切って、就職すればよかったと今では思うけど、たった一年か二年のことだと思っていた。そうこうしているうちに、母も身体を壊して……結局、自由になったのは三十歳を過ぎてからだった。その間、仕事をしていなかった人間を、正社員として雇ってくれるところはあんまりないよね」

彼女は、もう一度、竜を見上げた。

「ドラゴンになりたかったな……」

家庭で介護労働者が必要になったとき、娘がその担い手にされることは多い。我が家の夕食後と同じだ。ちっとも公平じゃない。ちっとも。

「父は結婚相談所にでも入会して、さっさと結婚相手を見つけろって言う。そうすれば、残念な娘は脱却できるのかもしれないけど、それならそれで残念な娘のままでいいとも思う」

彼女はきりりと奥歯を噛《か》んだ。

「謝ってもらったことも、お礼を言われたことも一度もない。たった一度も」

幹夫さんにとってはそれは当たり前のことで、彼女の人生をねじ曲げてしまった自覚もないのだろう。

わたしは彼女とならんで、欄干に身体を預けた。

「なりたいですよね。ドラゴンに」

「添乗員さんならなれるよ。しっかりしてるもの」

わたしはそのことばで、悲しくならない程度には、未来に希望を持っている。でも、それがいつまで続くのだろう。

「でも、わたしも派遣ですよ。結さんと同じ」

「えっ、そうなの？」

「お給料だってびっくりするほど安いですよ」

違うのは、わたしが望んでここにいるということだけだ。

「わたし、思うんですよね。目をつぶっているのは、この社会と、社会を動かし続けている人なんじゃないかって……」

少子化が大変だと言いつつ、母親にだけ育児を担わせることをやめようとはしない。保育士の給料を上げることもしない。若者が不安定な働き方と安い収入に耐えていることも、知らんふりを続けている。

鍾乳洞のホライモリにはなんの罪もない。でも、社会を動かす力を持ちながら、目を閉じ続けている人たちはどうだろう。

幹夫さんだって、彼女が犠牲にした時間を見ないようにしている。気づいてさえいないのかもしれない。

それでも、わたしたちは気軽にそこから逃げ出せない。逃げ出せる人はいるかもしれないけど、全員じゃない。

わたしは、結さんの顔をのぞき込んだ。

「結さん、生き延びましょうよ。六十年でも百年でも」

あの洞穴に生きるホライモリのように。

そのうちに、世界の方が変わるかもしれない。他力本願かもしれないけれど、そんな希望くらい持たなきゃやってられない。


翌日、わたしたちは、リュブリャナの街をバスの中から観光した後、クロアチアに向かう。

たった三日だけ滞在した国。日本人の多くはよく知らないかもしれないけれど、わたしにとって、その街は忘れられない街になった。

結さんはバスの中で、ツアーの他の参加者と話をしはじめた。

白石夫妻と映画の話で盛り上がり、木下さんたち三人組と連絡先を交換し、高村さんの隣に座って、長いこと話をしていた。

藤岡さん一家の息子さんの志望高校の卒業だということがわかり、兄弟から質問攻めにされていた。

幹夫さんは、ぽかんとした顔で、あまり相手をしてくれなくなった娘を眺めていた。

バスの車窓から、アドリア海が見えた。エメラルド色の海に太陽が反射して輝いている。

まるで宝石のようだ、とわたしは思う。

3rd trip

パリ症候群

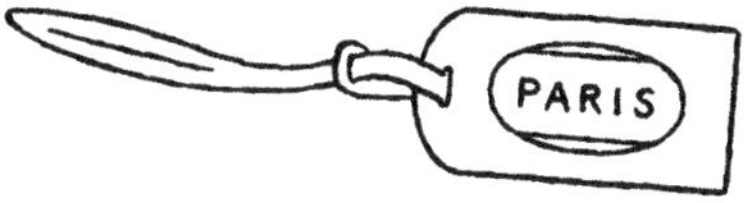

遥、もうそろそろパリに到着した？

いいなあ。わたしもパリに行きたい。昔は、叔母さんを訪ねてよく行っていたけど、もう叔母さんも日本に帰ってきてしまったし、五年くらい行ってない。

おいしいクロワッサンやモンブラン、きらきらとしたオペラ座、歩いても歩いてもきりのないルーブル。もう思い出すだけで、気持ちだけパリに飛んで行ってしまいそう。

遥のスーツケースの中に隠れていきたいよー。まあ、そんなにスリムじゃないけどね。

お土産《みやげ》は、アンジェリーナのマロンクリームがいいな。たぶん空港で買えると思う。

じゃあね。


シャルル・ド・ゴール空港から、パリに向かうバスの中で、わたしは千雪のメッセージを読み終えた。

窓の外を見ると分厚い雲に覆われた灰色の空が目に入る。

はじめて訪れたときも、同じことを思った。灰色だ、と。

以前、美術館で見たユトリロの絵を思い出す。灰色の空と、どこか冷たく煙ったような空気は、画家自身の心を描いているのかと思っていた。

でも、そうではなかった。春や夏は違うかもしれないけれど、秋から冬にかけてのパリは曇り空が多くて、常に薄暗い。ユトリロの絵、そのままだ。

もちろん、灰色の空の下でも、パリの街は美しいのだろうけど、今のわたしにとっては、この薄暗さがひどく重苦しく感じられる。

千雪の頭の中にあるパリとは別の街みたいだ。その理由は少しわかる。

たぶん、わたしの心がパリに対して閉じてしまっているのだ。

『パリとイル・ド・フランス七日間の旅』への添乗が決まったのは、たった四日前のことだった。いくらなんでもぎりぎりすぎる。

通常なら、どんなに遅くとも一週間前にはどこに行くか決定している。しかも、その時点で、一週間後にオーストラリア行きのツアーに添乗することが決まっていて、心はすでにオーストラリアでいっぱいだった。

日本は十一月で、そろそろ寒さが身に染みてくる頃だが、南半球は夏だ。明るい太陽、大自然、コアラ、カンガルー。それがいきなり木枯《こが》らし吹く秋のパリになってしまったのだから、気持ちの切り替えができない。

　なんでも、このパリとその近郊を旅するツアーは、ベテラン添乗員が担当するはずだったのだが、自転車で転んで骨折してしまい、急に添乗できなくなったという。

あわてて、パズルのように予定を組み替えることになり、わたしにその仕事がまわってきたというわけだ。オーストラリアは他の添乗員が行くことになってしまった。さよなら、カンガルー、また会う日まで。

　とりあえず、遊びの予定はすべてキャンセルした。千雪とのアフタヌーンティーも、見たかった一週間限定上映の映画も、すべて中止。なんとか資料を読み込んで、ツアーの参加者に電話をして、確認を取った。

　夏服を少しずつ入れようとしていたスーツケースに、防寒下着やタイツ、ブーツなどを詰めた。しかも、今回はオペラ座でバレエを鑑賞したり、三つ星レストランに行くという予定もあるので、ワンピースや華奢《きゃしゃ》なパンプス、アクセサリーなども必要だ。

　パリは大学の卒業旅行で一度行ったことがあるから、まだ不安は少ないが、その代わり、現地ガイドもいない。有名な観光地だけに、ツアー参加者の中にもくわしい人がいて、わたしがパリに不慣れなことなんて、簡単に見抜かれてしまうかもしれない。

　ガイドブックや、バレエの演目についての解説を読み込んだ。訪れる三つ星レストランの紹介も、インターネットで探して、一生懸命記憶する。

それでも、心がパリに向かわない。パリを訪れたときは、楽しかったし、素敵な街だと思ったのに。

わかっている。たぶん、急に決まったということだけが理由ではないのだ。

パリの街に入る前に、日はとっぷりと暮れてしまった。時刻はまだ五時半にもなっていない。古い建物が並ぶ通りをバスは走る。道を歩く人々は、もう分厚い冬のコートを着込んでいる。先ほど、空港を出てバスに乗るまでの間で、東京よりはずっと寒いことを実感した。

まだ頭の中には、オーストラリアの太陽が居座っているから、よけいに寒々しく感じられる。

わたしの憂鬱《ゆううつ》とは無関係に、ツアー参加者たちは楽しそうにしている。

三十代の女性三人組、千田《せんだ》さん、長門《ながと》さん、日置《ひおき》さんは、景色を見ながら、あの建物が素敵だとか、映画みたいだとか話し合っている。

三人ともすらりとしていて、着ているものもどこか垢抜《あかぬ》けている。きっとどこか華やかな業界で働いているのだろう。

四十代女性の一人旅である土岐《どき》さんも、雰囲気のあるきれいな人で、こんなふうに年を取れたら素敵だなあなんて考えてしまう。

ご夫婦と小学生の娘さんで参加しているのは、藤田《ふじた》さん一家だ。十一月という学校が休みでもない時期に、小学生が参加するのは珍しいと思ったのだが、お嬢さんの茉麻《まあさ》ちゃんが、バレエを習っていて優秀らしく、学校を休ませてでも、パリ、オペラ座のバレエを観《み》せたいということだった。

他に村田《むらた》さんという六十代のご夫婦と、管沢《かんざわ》さんという五十代後半の母親と、二十代後半の息子の親子で、全部だ。

なんだか、みんな品が良くて、あまり苦労しなくてすみそうな予感がする。

バレエを観たり、三つ星レストランに行ったりするツアーだから、その分少し割高だし、そういう文化的なことに興味のある人ばかりが参加しているのだろう。

それにしても、と考える。

親子だと、母と娘は多いし、父と娘も会ったことはあるが、母と息子という組み合わせははじめてだ。もっとも、まだ数えるほどしか添乗したことがないから、意外と多いのかもしれないけれど。

バスは、パリの外れ、ラ・デファンスという地区に入った。

窓の外を眺めていた管沢さんのお母さん——留美子《るみこ》さんがつぶやいた。

「パリにもこんな、風情のないところがあるのねえ」

たしかにこの地区は高層ビルや新しい建物がたくさん並ぶ地域だ。パリの中心部は、景観を損なわないように建物の高さ規制や外観の決まりなどがあるが、その分、中心から少し離れた地域に、高層ビルなどが集中している。

少し緊張した。宿泊する大型ホテルは、ラ・デファンスにある。だが、ツアーはどこに行くのもバスだから、あえて割高な市内中心部に泊まる必要はない。

わたしが卒業旅行でパリにきたときは、ポルト・ド・バニョレというパリの外れのホテルだった。まだ、ラ・デファンスは出かけるのに不便ではない。

ホテルの駐車場にバスは入っていった。

「わあ、新しくてきれいなホテルだね」

そう声を上げたのは茉麻ちゃんだ。実際に、ホテルは新しくて清潔そうだ。

パリには古い建物を利用した美しいホテルがたくさんあるが、ツアーでそういうところを利用することは少ない。

ある程度、まとまった部屋数を借りる契約をすることで、ホテル代を安く上げられるし、急なキャンセルにも対応しやすい。だが、小さなホテルではそういうフレキシブルな契約は難しい。どうしても、近代的な大型ホテルが多くなってしまう。

今回のツアーで滞在するのも、ヨーロッパではよく知られたホテルチェーンだ。どこも同じような内装だが、設備も近代的で、トラブルは少なそうだ。

留美子さんが少し不満そうに話すのが聞こえてきた。

「わたしが三十代でパリにきたときは、カルチェ・ラタンの小さなホテルに泊まったのよ。貴族のお屋敷を改装したホテルで、オーナーのマダムも素敵だった。中庭で朝食をいただいたのよ」

想像するだけで素敵だが、たぶん、そういう旅はツアーでは難しい。

息子さんの光彦《みつひこ》さんが笑いながら答える。

「そういうところに泊まるなら、個人旅行にしないと」

「そうね。そのときは、フランス語を勉強していて、ホテルの予約なんかもしてくれる友達がいたから。でも、一人じゃ無理ね」

「そうだろ。それに、ぼくもあまり長い休みは取れないから、いろいろ回れるツアーはありがたいよ」

光彦さんがそう言ってくれたからほっとする。

だが心が晴れたわけではない。小さな棘《とげ》が刺さったように、胸の奥が痛む。

留美子さんのせいではない。どうしても忘れられない出来事があるのだ。


それは半月ほど前のことだった。

友達の杏子《きょうこ》に誘われて、わたしはあるイベントに参加した。旅行好きの人たちに向けたイベントで、日本ではあまり馴染《なじ》みのないイスラエル料理を食べながら、三十カ国以上を旅した女性のトークを聞くという集まりだった。

杏子は大学の同級生で、在学中からあちこちバックパックを背負って、アジアの安宿をめぐっていた強者《つわもの》だし、わたしも添乗員として働きはじめたとはいえ、まだひよこもひよこで、旅に出ることが楽しくて仕方がない。今、まとまったお金と休暇をもらったら、きっとどこかに旅に出てしまうだろう。

先輩添乗員の中には、休みくらいは家でのんびりしたいという人もいれば、プライベートでもいろんな国を回っている人もいる。自分がどちらになるのかは、まだわからない。

もちろん、イベントに参加することが仕事に役立つという気持ちもあった。

登壇者のトークは四十分ほどで、その後は料理を囲んで、同じテーブルの人と歓談する時間だった。

イスラエル料理はとても美味《おい》しかった。フムスというひよこ豆のペーストは、食べたことがあったが、他にもババガヌーシュという茄子《なす》のペーストなどを、ピタパンと一緒に食べる。茄子のフライや、カリフラワーのフライなど、野菜料理も多かった。よく知らない国の料理なのに、なんだか毎日食べてもいいと感じるくらい親しみやすい味だ。

シャクシューカというトマトソースに卵を落として煮込んだ料理、ハミンというじゃがいもや玉葱《たまねぎ》と牛バラ肉を煮込んだ料理、どれも美味しいし、なによりも重すぎないのがいい。まあ、わたしはどちらかというと、肉食で、重い料理が続いても平気なのだけど、それでもやはり体重は気になるし、ヘルシーな料理を食べたいときもあるのだ。

同じテーブルには、一人で参加している四十代の男性と女性、友達同士で参加している三十代の女性がふたり、そしてわたしと杏子の六人がいた。

みんな旅が好きだという共通点があるから、話はすぐに弾む。

中でも、四十代女性の原《はら》さんは、一年に一回パリに行くのだと言っていたし、二人組の片方、曾野《その》さんもフランスが好きだと言っていたから、話題は自然にフランスのことが中心になる。

冬のニースは観光客が少なくて素敵だとか、サヴォア地方の農家が作っているチーズのことだとか、知識はないけれど、聞いているだけで楽しい。

わたしもまたフランスに行くチャンスがくるだろうか。仕事で行くと、自由時間は少ないけれど、地元のチーズを買って帰ったりすることはできるかもしれない。

そんなとき、ふと、四十代の男性である安田《やすだ》さんが、杏子に尋ねた。

「貴方《あなた》はお仕事はなにを？」

「あ、わたしは大学の事務員です。あ、それと、この堀田さんは旅行添乗員やってるんですよ」

言わないでほしかった、と思ってしまったのは、自分にまだ旅行添乗員としての充分な実績がないからだ。なんとか頑張って乗り越えているだけで、自信も全然ない。

「旅行添乗員ってツアーの？」

安田さんの口調に、かすかな嘲笑の響きを嗅ぎ取ってわたしは緊張する。

「ツアーね……、ああいうところってわがままな客多いんでしょ？」

そう話しかけてきたのは原さんだ。

「そうかな……でも、旅行中の注文やリクエストって、いろんな事情がありますから。よそから見たらわがままに見えちゃうこともあるかも……」

レイキャビクでおにぎりをリクエストされたのは、たしかに予想外だったが、それでもなにも食べられないことで、よけいに体調を崩してしまう可能性もあった。

「でも、今、飛行機だって、ホテルだって、ネットで予約できるし、ツアーで旅行する人も減ってるんじゃないの？」

安田さんがそう言った。きゅっと胃が縮まる気がした。

「あらかじめ決まったところにしか行けないなんて、つまんないなあって思っちゃう」

そう言ったのは、曾野さんの友達の久保田《くぼた》さんだ。だよねーと曾野さんが同調する。

わたしは傷ついていることを、悟られないように笑顔を作った。

「でも、英語や現地の言葉が話せなくて不安な人もいるし、時間のロスも少ないから、休みが少ない人にはいいんですよ。なにかあったときもすぐに対応できるし」

不思議だった。クッキーをひとつひとつ選んで買う人は、詰め合わせを買う人を莫迦《ばか》にしたりするだろうか。料理をする人は、レストランで食事をする人を「つまらない」と言うだろうか。徒歩で向かう人は、タクシーに乗る人を笑うだろうか。いや、そういう人がいないとは言わないけれど。

たぶん、わたしもプライベートで旅をするなら、ツアーを利用する可能性は低いだろう。英語やスペイン語が話せるのは大きな利点だし、多少は経験も積んだ。

でも、たまにしか旅行しない人が、そのために外国語を勉強する必要はないと判断したって、それは別におかしなことではない。

わたしだって、料理はしないし、楽器だって弾けない。語学に時間もお金も注ぎ込んだからこそ、他の人が同じことをするべきだとはまったく思わない。

「あ、それでパリでおすすめのレストランって、どこですか？　わたしも行ったことなくて」

杏子がさっと話題を変えてくれたから、フランスの美味しいレストランの話に戻る。

わたしは、ひよこ豆のコロッケをぱくりと食べて思った。

たぶん、添乗員のわたしがいなくて、個人旅行好きばかりが集まっていたら、このままツアー旅行社の悪口で盛り上がるのだろう。被害妄想かもしれないけれど、そんな場面に遭遇したこともある。

でも、みんな服はわざわざ自分で作ったり、オーダーメイドしたりせずに、売られているものをそのままか、少し丈を直すだけで着ているではないか。なぜ、そんなふうにツアーで旅行する人を見下せるのだろう。

その後も、わたしがアルゼンチンに留学していたと言うと、

「どうして？　なんでアルゼンチン？」

「スペイン語を習うならスペインの方が良くない？」

「値段が安かったの？」などと言われてしまった。

そんなことがあったせいか、わたしはどこかフランスという国に、鼻持ちならないものを感じてしまっていた。

このツアーに添乗することが決まったのは、その十日ほど後だった。


二日目はヴェルサイユ宮殿を一日かけて観光するという旅程だった。

ドライバーはイザベルという女性で、英語も上手だったから意思の疎通は問題ない。だが、専門ガイドがいないので、その分、わたしが訪れる場所のことを説明しなければならない。まるで口頭試験を受けているようなものだ。

ヴェルサイユは太陽王と呼ばれたルイ十四世が建てたバロック様式の宮殿で、華麗なフランス宮廷文化が生まれる場所となった。

豪華絢爛《けんらん》なシャンデリアと天井画で有名な「鏡の間」、目を見張るような豪華な天蓋付きのベッドと可憐《かれん》な花の壁紙で飾られた「王妃の寝室」、ルイ十四世の肖像画のある「アポロンの

間」。

どれも文句なしに素晴らしい。大勢の観光客がひしめき合っていることだけが、不満だが、こんな美しい建物ならば、誰だって見たいだろう。

わたしといえば、覚えたことを忘れないでいるだけで精一杯で、その美しさを心の底から堪《たん》能《のう》することなどできない。

参加者がみんな、目を輝かせているように見えることだけが救いだ。

庭園に出たら、人の密度が減って、少し気分が良くなった。しばらく庭を散歩して昼食を取ってから、庭の奥にある大トリアノン宮殿、小トリアノン宮殿、王妃の村里と呼ばれる場所も観光する。

はじめてパリにきたときは、ヨーロッパ三カ国を十日で回るという旅だったから、ヴェルサイユも宮殿と庭を見ただけで、庭の奥にまでは行っていない。

たしかにこのツアーは、少し余裕のある日程を組んでいるようだ。幸い、自由行動の日も一日あるから、わたしも買い物くらいはできるかもしれない。

まだ昼前のせいか、空が青くて、気分がいい。人の多さも庭園にきてみれば、あまり気にならない。あまりにも広いのだ。総面積は千ヘクタールで、東京ドーム二百二十個分。いかにフランス貴族がお金をじゃぶじゃぶ使っていたかの証明のようなもので、そりゃあ、革命も起きるよねとしみじみ考えてしまう。

庭園を歩いていると、光彦さんが話しかけてきた。

「あの、すみません。少しお願いがあるんですけど……」

「はい、なんでしょう？」

彼はまわりを見回すと、少し声をひそめた。

「あの、土岐さんっていますよね。あの方、母と話が合いそうなので、もしよかったら食事のテーブルを同じにしてもらえたらな……と思って……」

「え……」

わたしは、笑顔のまま凍り付いた。彼は慌てて付け加える。

「もちろん、そうできるときだけでいいんです。ぼくだけだと、母が退屈するから……」

だが、だとしても参加者に、他の参加者の接待を期待することはできない。

頭の中をいろんな考えがよぎる。過去に、研修で行ったシンガポール行きのツアーで、中年男性が若い女性ふたりの参加者にやたら話しかけたり、隣の席に座りたがるという事件が起こったことがあった。

先輩添乗員の黒木さんは、うまくその男性をブロックして、女性客になるべく接触させないようにしていたが、それでも集団で行動する以上、完全に話しかけさせないことはできない。

そばで見ていても、その女性客たちは旅の楽しみをずいぶん邪魔されたのではないだろうか。

だから、この手の依頼には警戒してしまうが、そのときと違うのは、光彦さんが母親と二人連れで、そして土岐さんの方が彼よりかなり年上だということだ。だが、土岐さんは美人だから、下心からではないとは言えない。

添乗員は「できない」と言ってはいけない。なるべく解決策を見つけるようにしろ。

この仕事に就くとき、上司から言われたことばだが、これは簡単に引き受けられることではない。

「申し訳ありません。同席のリクエストは難しいんです。レストランによって、確保しているテーブル数は違いますので……」

「そうですか……」

彼は落胆したように息を吐いた。

「土岐さんにお願いしたら、ＯＫしてくれたんですが……」

なんと？　と、足が止まる。彼女自身が了承しているならば問題はない。

だが、本当は嫌だが、断りにくかったという場合もある。これからツアーで、長い時間を一緒に過ごすのだから、波風は立てたくないだろう。

「自由に座っていただくこともありますし、お約束はできませんが、できそうなときなら……」

「もちろん、できそうなときで大丈夫です」

彼はぱあっと笑顔になった。たしかに感じのいい人ではある。美人だからちょっかいを出しているような雰囲気ではない。

「それで問題ありません。よろしくお願いします」

彼は軽くお辞儀をすると、留美子さんのところに戻っていった。

わたしは土岐さんの姿を探した。彼女は植え込みの近くで、茉麻ちゃんと話をしていた。

近づいていくと会話が聞こえた。

「わたしにも、茉麻ちゃんと同じくらいの男の子がいるよ」

茉麻ちゃんは驚いたような顔になる。

「一緒にこなかったの？」

「誘ったんだけど、興味ないから、家にいるって」

おや？　と思う。彼女の緊急連絡先は、同居の父親になっていたはずだ。姓も同じだったから、独身だとばかり思っていた。

「じゃあ、お父さんと一緒なの？」

「お父さんも仕事で忙しいから、今はおじいちゃんとおばあちゃんが面倒を見てくれているの。おばさんにも、茉麻ちゃんみたいに一緒にバレエを観てくれる女の子がいたらよかったんだけど……残念ながらうちの子は、サッカーに夢中でね」

茉麻ちゃんは声を上げて笑った。

「わたしもサッカー好き。学校では男の子にも負けないよ」

「ほんと？　運動神経いいんだ。かっこいいね」

話が弾んでいる。次の機会にしようかと思っていたら、土岐さんがわたしに気づいた。茉麻ちゃんに手を振って別れて、こちらにくる。

「素敵ですね。この庭園」

「ええ、本当に素晴らしいです」

そう答えながら、この人はパリにきたことがあるのだろうかと考える。

何度も訪れていてもおかしくないような雰囲気だが、それもある種の先入観だろう。

「ずっとヴェルサイユ宮殿にきてみたかったんです」

「パリははじめてですか？」

そう尋ねると、土岐さんは頷《うなず》いた。

「ええ、仕事と子育てが忙しくて、海外旅行なんて学生時代以来です。学生の時も、台湾と韓国に行っただけ。だからとても楽しいです」

「そうなんですね。楽しんでいただけてるのなら良かったです」

わたしは、光彦さんに聞いた話を、土岐さんに伝えた。彼女は少しおかしそうに笑った。

「わたしも女なので、添乗員さんがなにを心配しているかわかります。でも、大丈夫です。実は、管沢くんのことはよく知っているんです。前の職場の部下だったので。だからご心配なく。同じテーブルにしていただいて問題ないです」

部下だったというのに、少し驚く。

「そうだったんですね。じゃあ偶然、ご一緒に?」

彼女は曖昧に微笑《ほほえ》んだ。

土岐さんがそう言うのなら安心だ。元部下だったというのなら、言いなりになるしかないような関係性ではないだろう。

「わたしから添乗員さんに言った方がいいかなと思ったりもしたんですが、それはそれで、年上の女が、年下の男性につきまとっているように思われるかもしれないし、どっちが切り出しても添乗員さんが困るのは同じだな、と思って」

今度はわたしが微妙な笑みを浮かべる番だ。

たしかにそう考えなかったとは言い切ることはできない。土岐さんや光彦さんの行動が怪しいと言うよりも、そういう申し出そのものにトラブルの気配があるからだ。もちろん、双方が了承しているのなら別である。

どうやら、わたしが心配するようなことはなさそうだ。

いつの間にか、他の参加者が先に行っているのが見える。わたしは追い掛けるために歩みを早めた。

夕食はパリ市内のビストロだった。

三つ星レストランに行くのは、帰る前日だ。こういうとき、豪華な食事を先にしてしまうと、その後の食事が相対的に寂しく見えてしまうため、ホテルなども後になるほど豪華になるようにするのがいいと言われている。

だが、わたしの意見は少し違う。後半になると、胃が疲れてくるから、豪華なものは旅の最初の方に食べた方がいい。そうでなくても、だいたいの外国の食事は、日本人にとっては重いのだ。後半になればなるほど、軽いもので済ませたくなる。

とはいえ、添乗員のわたしがツアーの旅程を組み立てるわけではない。

今夜のレストランは、プリフィックスのディナーコースになっていて、客がそれぞれメニューの中から食べたいものを選ぶことができる。これまでは、ツアーの食事だと決まったものが出されることが多かったが、さすが美味の都と呼ばれる街だ。

四人がけのテーブルに、管沢さん親子と、土岐さんが座り、空いたひとつにわたしが座った。アフリカ系のハンサムなウエイターが注文を取りに来る。わたしは、前菜にスモークサーモン、メインに塩豚とレンズ豆の煮込みを頼んだ。

管沢さん親子も前菜にスモークサーモン、メインに若鶏の赤ワイン煮込みを頼んでいた。土岐さんは料金が追加になるフォアグラパテの前菜と、ステークフリットを頼んだ。

ステークフリット、つまりステーキとフライドポテトは、フランス人の国民食と言われているらしい。フランス人がいつも手の込んだフランス料理を食べているというわけではないようだ。

　スモークサーモンは分厚く切られていて、驚いたし、塩豚もほろほろと柔らかくて、とても美味しい。少し塩気が強いのは、ワインが進むようにだろうか。アルコール類は各自精算なのだが、ワインかソフトドリンクが一杯だけついてくる。ワインが飲みたいが、仕事中なので、我慢するしかない。

　夕食時には、一杯くらいなら添乗員も飲んでいいことになっているが、まだそんな余裕はない。夕食後だって、トラブルが発生する場合もある。

　メインが終わると、デザートを選ぶ。土岐さんはタルトタタン、管沢さん親子はアイスクリームとシャーベット、そしてわたしは薔薇《ばら》の香りのマカロンにした。

　デザートが運ばれてくる。ウエイターは、マカロンを置くとき、わたしに軽くウインクをした。

　留美子さんは、ウエイターが行ってしまうと、声をひそめた。

「移民がこんなレストランでも働いているのね」

　その言葉にわたしは戸惑った。くわしくない日本人にとって、フランス人はみんな白人というイメージがあるのだろうか。

「移民かどうかはわからないですよ。フランスは出生地主義ではないですけど、それでもフランスで生まれた人は、条件を満たせば国籍取得は可能です」

そう言ったのは、土岐さんだ。

わたし自身もそんなにくわしいわけではないが、フランスの映画を観ると、アフリカ系やマグレブ系の登場人物がたくさん出てくるし、ルーツがそちらでも、フランス人として生活していることは知っている。

それに、フランスが北アフリカや西アフリカなどに植民地を持っていたことは、地理や世界史に興味がある人なら知っているはずだ。留美子さんはヴェルサイユ宮殿では、ルイ十六世のことや、マリー・アントワネットのこと、ポンパドゥール夫人のことなどについて話していた。まったく歴史に興味のない人ではない。

つながりがあれば人の行き来も増え、移住してくる人も増える。そして長く住んだり、そこで子供を持ったりすれば、フランス国籍を取得する人も増えるのは当然だ。多くの国でそういう人たちはいるし、日本だって例外ではない。

留美子さんは、土岐さんの言ったことを聞き流したらしく、ひとりで話を続けた。

「どこの国に行っても、移民が増えているのね。治安が心配だわ。それに、こんな上品なレストランでも移民を雇うなんて、日本ではありえないわね」

土岐さんの顔から笑顔が消えるのがわかった。

さきほどのウエイターは、物腰も上品でレストランの空気を乱していたわけではない。むしろ、働いているウエイターの中では、いちばんエレガントに見えた。

　土岐さんがなにか反論しないかと、ひやひやしたが、彼女は口をつぐんだだけだった。こういうとき、彼女の見識が古いことを指摘できればいいのだが、添乗員とツアー客の立場では難しい。

　こういうことを言う日本人に出会ったのははじめてではない。だが、不思議なことに、彼らは自分が日本人であることを忘れているようだ。

　白人のみが尊ばれて、アフリカ系やアジア系の人たちが排除される世界では、日本人であるわたしたちも排除されるはずだ。実際、わたしはアルゼンチンにいたとき、何度も差別された。目をつり上げるような仕草を通りすがりにしてきた人も何人もいる。

　わたしの目は丸くて、少しも切れ長ではないのに。

　そのときのことを思い出して、きゅっと胸が痛くなる。その何十倍もの優しい人に出会ってきたから、国のことやそこに住む人たちのことは大好きだが、その代わり、差別する人は好きになれない。

　そういえば、以前、アジア人に対する差別感情を隠そうとしない人に、「日本人だってアジア人ですよね」と言ってみたら、「日本人は尊敬されているから別」という答えが返ってきたことがあった。

　もし、「自分は尊敬されているんだ」と言って、他の人を見下す人がいたら、わたしなら、その人を尊敬しようとは思わない。嫌な人だと感じるのが普通ではないだろうか。

なのに、無邪気に「自分たちは違う」と言い切れるのが不思議だった。

マカロンの薔薇の香りは、少し過剰な気がした。


七日間の旅は、そのことばから受けるイメージよりも短い。

特にヨーロッパの場合は飛行機に乗っている時間が長い。一日目は夕方以降に到着することになるし、帰りは時差の関係もあって、パリを昼過ぎに発《た》ち、翌日の朝に日本に到着する。つまり、まるまる観光に使えるのはたった四日間だけである。

二日目は、ヴェルサイユとフォンテーヌブローを観光し、三日目はルーブル美術館とオルセー美術館を回った後、夜はオペラ座でバレエを観劇することになっている。

四日目は昼間は自由行動で、夜はセーヌの遊覧船でディナーを食べ、五日目はロワールのお城をいくつかめぐった後、三つ星レストランで最後の豪華ディナーというのが、今回の旅程である。

最終日も一応、自由時間はあるが、十一時にはホテルを出発して空港に行かなければならない。せいぜい散歩くらいしかできないだろう。

とはいえ、わたしはこの三日目を心待ちにしていた。

ルーブル美術館と、オルセー美術館だけ、パリ在住の日本人女性が、ガイドとして参加してくれることになっている。しかも、翌日は自由行動だ。

もちろん、自由行動だと言っても、添乗員の仕事から完全に解放されるわけではない。なにかトラブルがあればかけつけなければならないし、単独行動が不安だという人がいれば、その人たちと一緒に行動することもある。

だが、今回のツアー参加者たちは、みんなしっかりしている。自由行動の日までわがままを言って添乗員を引っ張りまわすような人はいないように思う。

強いていえば、留美子さんは添乗員を頼ることに躊躇《ちゅうちょ》のない人だが、息子の光彦さんがいるから、わたしが出る幕はないはずだ。

土岐さんは海外旅行にあまり縁がなかったと言っていたけれど、空いた時間にささっと買い物を済ませたり、お店の人と英語で会話したりしている。彼女のような人はなんでもひとりでこなしてしまうのだろう。

最初は、いきなりパリに行くことになって不安でいっぱいだったけれど、さすがに二日目を無事終えると、落ち着いてくる。少なくとも大きなトラブルを起こしそうなタイプの人は、今回のツアーにはいない。

あと、緊張する仕事といえば、ロワールのお城についてきちんとガイドできるかどうかということと、最後の豪華ディナーの時に、大きな失敗をしないかというだけだ。

（でも、短いよね……）

自分だってプライベートの卒業旅行では、フランススペインイタリアを十日間で回るというツアーを利用したくせに、わたしはそんなことを感じる。

パリはあまりに見所が多すぎる。このツアーでは市内観光がないから、エッフェル塔やサクレ・クール寺院などにも行かずに終わってしまう。もちろん、行きたい人は自由行動の日にどうぞということなのだろう。

わたしは、卒業旅行で行きそびれたポンピドゥーセンターに行ってみたいと思っている。まあ、なんのトラブルもなければの話だが。

たぶん、十日間くらい滞在したって、パリは見る場所に事欠かないのだろう。さすが世界一の観光地だ。

だが、その分、わたしはまだこの街を好きになりあぐねている。素敵なのは素敵なのだ。料理やケーキだって美味しいし、街並みだって美しい。人だって、言われているほど冷たいわけではない。

それでも、まるできれいに飾り付けられてはいるけど、食べることのできない砂糖菓子みたいだと思ってしまう。

人と人だって相性があるように、人と街にも相性がある。だからこの街をそんなに好きになれなくたって仕方ない。

でも、その魅力に触れられそうで触れられないことがもどかしい。

もう少し旅慣れていたり、フランス語が喋《しゃべ》れたりすると、少しは違うのだろうか、などと考えたりもした。

たぶん、わたしは少しあまのじゃくなのだろう。


三日目の朝、ホテルのロビーで、美術館ガイドの女性と会った。東江《あがりえ》さんという四十代くらいの女性で、本業はアーティストらしい。

パリ在住のアーティストと聞くと、おしゃれでプライドが高くて、無知な質問などしたら、鼻で笑われるのではないかと思っていたが、出発前にスカイプで打ち合わせをしたときには、大阪弁のアクセントでよく喋る気さくな感じの人だった。

実際に会ってみると、すらりと背が高くて、おしゃれだったが、一度楽しく話しているので、気後れはない。

ルーブル美術館は、駆け足で有名なところを中心に観て、三時間。オルセー美術館は二時間と聞くと、ちょっと不安になる。

「ルーブルははぐれたら、再会するのが大変やから、全員で一緒にめぐりましょう。午後からのオルセーは疲れる人も出ると思うから、解説聞きながら観たい人と、自分のペースで観たい人に分かれた方がいいと思います。集合時間と場所を決めて」

途中で、昼食休憩を取るとはいえ、五時間も美術館で過ごすなんてはじめてだ。

卒業旅行でもルーブルに行ったが、まるでスタンプラリーのように、有名な展示物を見ただけだった。はいモナリザ、次はミロのビーナス、その次はドラクロワの「民衆を導く自由の女神」、という感じで、滞在時間は一時間もなかっただろうか。

もちろん、それはスケジュールが詰まったツアーなのだから仕方ない。

あの広大なルーブル美術館で、完全な自由行動をしてもらって、一時間くらいで集合すると考えると、添乗経験の浅いわたしですら、身震いしたくなる。起こるトラブルはいくつも想像できる。

「もし、疲れた人が出たら、堀田さんがその人について一緒に休憩して、あとで合流しましょう」

東江さんの言葉に頷く。

今回のツアーは、いちばん年配の人でも六十代だし、そこまでの心配はしなくても良さそうだが、不測の事態はいくらでもありえる。

打ち合わせは終わったが、まだ参加者が集まるまで二十分ほどある。なにか質問することはないかと考えていると、東江さんが柔らかく微笑んだ。

「ツアー参加者のみなさん、楽しそうですか？」

「ええ、もちろんです。今回はいろいろ文化的な場所をまわるツアーだから、そういうの好きな人ばかりみたいです」

むしろいちばん素養がないのは自分のような気がする。バレエなんて、子供の頃、友達の発表会でしか観たことがない。

「それはよかったです。たまにいるんですよね。パリ症候群になってしまう人」

「パリ症候群？」

「だって、日本のメディアで扱われるパリって、特殊でしょ。エッフェル塔、シャンソン、バゲット、おしゃれなパリジャンヌ。でも、現実のパリは全然違う。シャンソンよりもラップの方がポピュラーやし、パリジェンヌは黒ばかり着てるし、街は落書きだらけやし、そんなにきれいでもない」

思わず苦笑する。街並みは充分美しいと思うが、たしかに日本のメディアで描かれるパリには落書きなんてなさそうだ。

「だから、イメージとの違いにがっかりして、落ち込んでしまう人のことを『パリ症候群』って言うんですって」

「なるほど……」

昨夜の留美子さんを思い出す。彼女はパリに移民——実際には移民かどうかわからないが——が多いことを愚痴っていた。あれも、イメージのパリとのギャップに、戸惑っていたのだろうか。

「パリには白人しかいないと思っているとか？」

「そう、まさにそれ」

東江さんは教師のようにペンをわたしに向けた。

「実際のパリは人種のるつぼなんですけどね。というか、ヨーロッパの都会ってどこにいっても今はそうだと思う」

たしかにそうかもしれない。リュブリャナやレイキャビクは、比較的移民や、他のルーツを持つ人は少ないように思ったが、首都であっても、リュブリャナやレイキャビクが都会といえるかどうかはちょっと難しい。

日本の地方都市でも、もっと賑《にぎ》やかで建物の多い街はあるだろう。

ふいに気になって尋ねた。

「東江さんはパリ、長いんですよね？」

「二十五年くらいですかね。なんか根っこが生えちゃった」

こちらの大学で絵を学んで、そのまま同級生と結婚したのだと、先日の打ち合わせで聞いた。

「パリって、ここ十年か二十年くらいで、急速に移民が増えたりしてるんですか？」

留美子さんは二十年以上前にもパリにきていると言った。その頃からそんなに変わっているのだろうか。

「んー、もちろん、ここ十年くらいは中東情勢が不安定だから受け入れは多いと思いますよ。でも、体感ではそんなに変わらない感じです。移民二世、三世で、ルーツはマグレブや西アフリカでも、パリで生まれ育った人だってたくさんいるし」

「なるほど……」

留美子さんは前回のパリでは、気にならなかったのだろうか。

そんなことを考えていると、エレベーターから、ツアー参加者たちが降りてきた。

今日も一日がはじまる。


東江さんのガイドと解説は素晴らしかった。

誰でも知っている有名な作品だけではなく、絵にくわしい人なら知っているような作品や、歴史的に意味がある作品などを次々に解説してくれる。

有名なダ・ヴィンチも「モナリザ」だけではなく、「聖アンナと聖母子」「岩窟の聖母」などの作品をわかりやすく説明してくれたし、宗教画に描かれるモチーフなども、くわしく説明してくれる。

絵や彫刻だけではなく、もともと宮殿だったルーブルの建築についても、楽しく教えてくれた。これなら、三時間くらい、すぐに経《た》ってしまいそうだ。

だが、一時間半を過ぎたあたりで、留美子さんがわたしの肩を叩《たた》いた。

「わたし、ちょっと疲れちゃったわ。どこかカフェか休憩所みたいなところで休みたいんですけど……」

「あ、じゃあ、わたしがご一緒します」

そう言うと、光彦さんが慌てて割って入る。

「ぼくが一緒に行くよ」

「あなたは疲れてないんだから、見ていなさいよ。次にいつこられるかなんてわからないわよ」

留美子さんの言う通りだ。光彦さんは参加費を払ってここにいるのだから、楽しんだ方がいい。わたしも絵を観たい気持ちはあるが、仕事の方が大事だ。

わたしと留美子さんは、ツアー参加者から離れて、回廊にあるカフェに向かった。半分外のような席に案内されて、ちょっと不安になったが、ストーブも運ばれてきた。充分あたたかく快適に過ごせそうだ。

席からは、回廊に並ぶ美しい彫刻が見えた。

留美子さんが元気になったら、東江さんに電話をかけて、また合流することになっている。

あたたかいカフェクレームがふたつ運ばれてくる。一口飲んで、留美子さんは微笑んだ。

「美味しい」

元気そうなのでほっとする。少し休んだら、戻れるだろうか。彼女は目を細めて、回廊を見回した。

「本当に素敵なところね……」

「ええ、そうですね」

歴史的な建造物の中で、ゆっくりコーヒーを楽しめるなんて、またとない機会だ。

「さっきのガイドさん、すごく知識豊富ね。パリに住んでいる人なの？」

「ええ、普段はアーティストとして、創作活動もされているそうです」

「そうなの……？」

なぜか彼女の顔が急に寂しげになる。

「そんな人生もあるのね。うらやましいわ」

彼女がそんなことを言いだしたことに、わたしは驚いた。光彦さんとも仲が良くて、幸せそうな人に見えていた。

「わたしも実は美大に行っていたの。もちろん、自分がプロの画家になれるほど才能があるとは思っていなかったけど、美術教師になるとか子供に絵を教えるとか、そんなふうに絵と関わっていけたらいいと思っていた。一応、美術教師として就職はしたんだけど、結婚して子供ができたら、続けられなかった。結局、わたしの人生から絵は遠いところに行ってしまった。今はどんなふうに絵を描いていたかさえ、思い出せないくらい」

きゅっと心臓が痛くなった。

東江さんにも、彼女なりの悩みはあるはずだ。アーティストとして引っ張りだこなら、ガイドのバイトなどはしないだろう。それでも、彼女の自由さと、日本以外に居場所を見つけていることはわたしも素直に憧れてしまう。

「添乗員さんも若いから、なんにでもなれるわね。うらやましいわ」

留美子さんはそんなことを言った。

わたしがなんにでもなれないことは、自分がいちばんよく知っている。だが、留美子さんの場所から見ると、若くて可能性があるだけでうらやましく見えるのだろうか。

留美子さんは二十代を経験したことがあるけれど、わたしは留美子さんの年齢になったことがない。だから彼女の本当の気持ちなんてわからない。

「絵はもう描かないんですか？」

彼女は笑った。

「才能がないことを実感して、よけいに苦しくなってしまうから」

だから、彼女は絵を観続けることからも逃げ出したくなったのかもしれない。

ふいに、留美子さんは身を乗り出した。

「今日のバレエ、わたし着物で行くつもりなんだけど、着替える時間ってあるわよね」

「ええ、もちろんです」

それとも、ただ誰かに話を聞いてもらいたかっただけなのだろうか。

オルセー美術館も見学し、五時過ぎにホテルに帰った。

七時からオペラ座でバレエを見て、九時過ぎに夕食のレストランに向かう。今日の予定が終わるのは、十一時近くになるはずだ。

明日は自由行動だから、ゆっくり寝られるだろうが、それでも疲労を感じる人はいるかもしれない。

報告レポートを急いで書いた後、レースのブラウスとパンツスーツに着替えた。真珠のネックレスとピアスもつける。

着物を着るのに、どれだけ時間がかかるのかはわからない。成人式の時は、レンタルの振袖で写真だけ撮ったが、そのときは髪のセットも含めて、一時間半くらいかかった。さすがに自分で着る人なら、もっと早いだろう。

ロビーに降りて待っていると、留美子さんと光彦さんがエレベーターから降りてきた。留美子さんは、お茶会に行くような灰紫の着物を着ている。低い位置でまとめた髪もとてもエレガントだ。

「わあ、管沢さん、とてもきれいです！」

「どうもありがとう」

光彦さんはスーツだが、仲のいい上品な親子という雰囲気で、とても素敵だ。

少し経って、またエレベーターが開く。土岐さんも着物姿でロビーに現れた。

芥子色《からし》に小さな柄が散った小紋で、これも控えめだけど華やかだ。着物のことをよく知らなくても、センスがいいことがわかる。

留美子さんが目を輝かせた。

「まあ、あなたもお着物なの？　とても素敵」

「ええ、着物が好きなんです。管沢さんの付下げもとても素晴らしいです」

ふたりは並んで、着物についていろいろ話し始めた。留美子さんの表情が明るくなったので、わたしはほっとした。昼間のことがずっと気に掛かっていたのだ。

彼女のパリ旅行が少しでもいいものになるようにと、祈らずにはいられない。


パリにはふたつオペラ座がある。有名なのはオペラ地区にあるオペラ・ガルニエ。だいたいパリのオペラ座といって、写真が出るのはこちらの方だろう。

わたしたちが今夜行くのもガルニエの方だ。もうひとつ、バスティーユ広場に、オペラ・バスティーユという近代的なオペラ座がある。そちらの方が大きく、座席数も多い。

主に、オペラ・ガルニエではバレエ、オペラ・バスティーユの方ではオペラを上演することが多いが、例外もある。

もちろん、すべてくる前に、テスト勉強のように頭に詰め込んできた知識だ。

だが、オペラ・ガルニエは素晴らしかった。ちょっとパリに対して、ひねくれていた気持ちが一瞬で消し飛んだような気がした。

もちろん、バレエも素敵だった。だが、わたしはちゃんとバレエを観るのがはじめてで、どこまで技術的に素晴らしいのかは、正直言って全然わからない。身分を隠して、ジゼルに近づくアルブレヒトが、すごく有名なダンサーだということも、茉麻ちゃんに教えてもらったくらいだ。

だが、オペラ座そのものの素晴らしさは、衝撃的だった。

ロビーに入り、正面階段を上っていくと目を奪われるような豪奢《ごうしゃ》なシャンデリアがきらめいている。全体的な光量は薄暗いといってもいいほどで、その分、十九世紀くらいにタイムスリップしたような気持ちになる。

グラン・ホワイエと呼ばれる劇場ホール前の空間も、まるでヴェルサイユ宮殿を思わせるほどの美しさだ。

客席内に入れば、有名なシャガールの天井画と、巨大なシャンデリア。完全にノックアウトである。

しかも、ヴェルサイユ宮殿と違い、この空間はただ観光のために存在しているわけではない。今も劇場として息づいている。そのことに叩きのめされるような気持ちになる。

ツアー参加者も同じ気持ちだったらしく、終わった後の夕食は、お酒を飲む前からなにかに酔ってしまったような空気に包まれていた。

みんな浮かれたように会話を続けている。

正直、その美しさにねじ伏せられてしまったことに、悔しさを感じないわけではない。パリなんて全然好きじゃないと言いたかった気持ちもある。

でも、そんなつまらない意地なんて、圧倒的な芸術の中ではなんの力も持たないし、負けてしまったことが心地《ここち》いい。

千雪のいうパリにようやく出会えたような気がした。

いつかまたこられるだろうか。まだ、残り日程もあるというのに、わたしはそんなことを考えた。

その翌日のことだった。携帯電話に気をつけながら、ひとりで朝食を取っていると、千田さんたちの三人組が、朝食レストランにやってきた。

「おはようございます。眠れましたか？」

そう尋ねると、

「ええ。ぐっすり」

日置さんがそう答える。ショートカットの長門さんが、ちょっと声をひそめるように言った。

「実は、一応報告しておきますけど、管沢さんが親子喧嘩《げんか》してるみたいなんです」

「ええっ」

あの上品な親子が喧嘩だなんて想像できない。留美子さんは少し扱いにくいところもある人だが、少なくとも光彦さんのことはとても可愛《かわい》がっているように見えた。

「息子さんの方が部屋を閉め出されて、ずっと廊下にいるんです。添乗員さんを呼びましょうか？　と聞いてみたら、『個人的なことなので大丈夫です』と言ってらしたんですけど……」

「なるほど……」

とりあえず、朝食を食べてから行ってみようと思う。到着した頃には、もう仲直りしているかもしれない。

フランスの朝食は、意外に簡素だ。バゲットにクロワッサンやペストリー、あとはコーヒーか紅茶かショコラ・ショー。大型ホテルだから、ハムやチーズ、フルーツなども置いてあるが、フランス人はパンと飲み物くらいしか食べていないように思う。

だが、クロワッサンもバゲットも、日本で食べるのとはまったく違う。バターも舌の上でとろけるようだ。いくらでも食べられるような気がしてしまうが、そんなことをしたら体重が大変なことになりそうだ。

カフェオレとバゲット、パン・オ・ショコラとオレンジを食べると、わたしは、管沢さんの部屋がある五階に向かった。

長門さんの言っていた通り、光彦さんが廊下に立って困った顔をしている。わたしを見てほっとしたような顔になる。

「どうかなさいましたか？」

「すみません……本当にプライベートなことなんですけど、母と口論になってしまって……」

そのとたん、閉まったドアの向こうから、留美子さんの声がした。

「喧嘩なんかしていません。自由行動なんだから、今日は好きにさせてもらいます。あんたもどこにでも行けばいいでしょ！」

声が元気そうなので、ちょっと安心した。

「どこにでも行けばいいって言われても、鞄《かばん》がないと……」

光彦さんがそう言うと、ドアが開き、黒いリュックサックがぽいっと部屋から投げ出される。いつも光彦さんが持っているものだ。

光彦さんはそれを開けて、中をチェックした。パスポートはホテルの金庫に預けてあるし、財布はリュックサックの中にあるようだ。

少し時間差があって、次は光彦さんのコートがぽいっと投げ出された。

わたしはドアの外から声をかけた。

「管沢さん、どうかなさいました?」

「ありがとう。でも、気にしないで。ひとりにして」

涙がにじんでいるような声だった。どうしていいのかわからない。

中で倒れているわけでもないし、ドアをこじ開けるというわけにはいかないだろう。

わたしは光彦さんに尋ねた。

「なにか問題かトラブルでも……?」

「個人的なことなんです。ツアーや添乗員さんはまったく関係ないです」

「おうかがいしない方がいいでしょうか」

「本当にたいしたことじゃないんで……」

そう言われてしまうと、無理に聞き出すことはできない。

「だったら、少しおひとりでゆっくりさせてあげてはいかがでしょうか。わたしがずっとホテルにおりますし」

気持ちが落ち着けば、話もできるだろう。

光彦さんはためいきをついた。

「わたしがそばにいない方がいいかもしれませんね。わかりました。ちょっと出てきます」

光彦さんが言ってしまうと、わたしはもう一度ドアの中に声をかけた。

「息子さん、出かけられましたよ。わたしは今日はホテルで報告書を書いていますので、もしお困りのことなどがありましたら、部屋か携帯電話に連絡くださいね……」

少しの沈黙の後、かすれた声が言った。

「ありがとう。でも大丈夫だから放っておいて」

「朝食はお召し上がりになりました？　コーヒーとクロワッサンでもお届けしましょうか？」

「大丈夫よ。欲しくないの」

声から、先ほどのヒステリックな様子が消えている。たしかに少しそっとしておいた方がいいかもしれない。

一度、ロビーに降りると、ロビーのソファで光彦さんと土岐さんが話しているのが見えた。その親密そうな様子を見て、わたしはすべてを理解した。


二時間ほど後、わたしはまた管沢さんの部屋のドアをノックした。

「堀田です。パンとコーヒーを買ってきたので、少しお話ししませんか？」

すっとドアが開いた。泣きはらしたような顔の、留美子さんがそこにいた。

「あなたと話したって、なにかが解決するわけじゃないんだけど」

「わかってます。でも、だから話しやすいことって、ありませんか？」

ツアーが終われば二度と会うことはない。多少、つじつまが合わなかったり、話を盛ったりしても後腐れはない。

留美子さんはドアを閉めようとしなかった。

わたしは中に入って、紙コップのカフェオレを彼女に差し出した。紙袋には、クロワッサンやパン・オ・ショコラが入っている。バターの匂いが袋の外にも漂っている。ホテルの人に聞いて、この近くでいちばん美味しい店のを買ってきた。

「いい匂い……」

先ほどは欲しくないと言っていたが、そろそろお腹《なか》が空《す》いた頃ではないかと思った。

留美子さんはベッドに腰を下ろして、クロワッサンを食べ始めた。パン・オ・ショコラも続けて食べる。

食べ終えると、彼女はふうっとためいきをついた。

「わたしの人生ってなんだったのかしら。子供のために、なにもかもあきらめたのに、その見返りなんて、ちっぽけね」

疑問はあるけど、あえて口には出さない。

「それでも、自分の孫を抱けたら、それで帳消しになると思っていた。そのくらいの望みは叶《かな》っていいと思ったのよ。ハンサムだし、優しいし、真面目《まじめ》だし、これまで彼女だっていたし

……」

わたしは自分の予想が正しいことを確信する。

「土岐さんと光彦さん……」

つきあっているんですか？　と尋ねようとしたとき、彼女が感情を爆発させた。

「もう四十三歳ですって。十二歳の子供がいるって。十五歳も年上なのよ。なんで、よりにもよって、そんな人なの？　あの子なら他にいくらだって素敵な女の子が選べるはずなのに！」

そう。だから、光彦さんは、このツアーで留美子さんと土岐さんを引き合わせたいと思ったのだろう。情報だけ先に聞けば、留美子さんは心を閉ざしてしまう。実際に会えば、彼女が素敵な人だということはわかるし、共通の話題だってある。

昨日、留美子さんと土岐さんは着物の話題で楽しそうに盛り上がっていた。だから思い切って切り出してみたのだろう。

四十代以上で、子供を授かる人だっているけれど、それを慰めとしてわたしが、口に出すのは間違っている。

留美子さんは下を向いた。

「わたしの望みなんて、なんにも叶わないのね。せっかくきたパリは落書きだらけだし、犬の糞《ふん》は落ちてるし、地下鉄の駅はホームレスだらけだし……こなきゃよかったわ」

わたしは思いきって言った。

「パリの文句ならいくら言ってもいいですし、パリなんて嫌いになったっていいんです」

留美子さんは少し驚いたような顔になった。

パリならこの先、彼女の人生に関わることはない。「つまんない街だった」と話の種にすればいい。だが、光彦さんはそうじゃないはずだ。

わたしが言いたいことを、彼女は察したようだった。

「そうね。わたしが結婚を許さなかったら、あの子はわたしから距離を置くでしょうね。わたしにはあんな女と結婚するなと言うことすらできない。人生をかけて育ててきたのに」

それでもわたしは、彼女のことばに希望を見出《みいだ》した。留美子さんは、光彦さんの選択を押しとどめることができないと知っていて、だからこそ、怒っているのだ。

叶った望みはいつの間にか日常になり、叶わなかった望みだけが大きく感じられる。

「管沢さん、前にもパリにきたっておっしゃってましたよね。でも、そのときも犬の糞は落ちていて、落書きもあったはずですよ」

パリの街は人種のるつぼで、メトロの駅にはホームレスがいただろう。

彼女はふっと笑った。

「そうね。言われてみれば、たしかにそうかもしれない。どうしてあのときは、素敵な街だと思ったのかしら」

自分の未来には美しいものがあふれていると信じていたからだろうか。わたしには彼女の気持ちはわからない。彼女の年齢になれば、少しはわかるかもしれない。

でも、気持ちさえ変われば、世界はまるで違うように見えるのだ。

わたしは彼女に言ってみた。

「セーヌ川のほとりでも、散歩してみませんか？」

彼女はきっぱりと言った。

「いいえ、やめておくわ。こんな気分の時出かけたら、きっともっとこの街が嫌いになるから」


その翌日のことだった。

ロワールに向かうバスで、留美子さんはひとりで座っていた。いつも光彦さんが隣に座っているのに、光彦さんは前の席で土岐さんと並んで座っている。

光彦さんは、留美子さんではなく、土岐さんを優先することに決めたのだろうか。それとも留美子さんがそうするように言ったのだろうか。

わたしは心配になって、留美子さんの隣の席に座ることにした。

「隣、いいですか？」

拒絶されるかと思ったが、彼女は笑顔で頷いた。

「ええ、もちろんよ」

時刻はまだ朝の七時過ぎだ。移動距離が長いため、出発が早い。

前の席から、楽しげな土岐さんの声が聞こえてくる。光彦さんと話をしているのかと思ったが、少しおかしい。光彦さんは相づちも打たずに黙ったままなのだ。

ちょっと前をのぞき込んで気づいた。

彼女はイヤフォンをつけて、スマートフォンのテレビ電話で誰かと会話をしている。

画面にはパジャマを着た小学生らしき男の子が映っていた。笑顔で土岐さんに話しかけている。

バスのWi－Fiを利用しているのだろう。たぶん、日本は今、夜の十一時くらい。

気づけば、留美子さんも同じように前をのぞき込んでいた。目が大きく見開かれている。

土岐さんが電話を切ってイヤフォンを外す。留美子さんが口を開いた。

「土岐さん？　今のあなたの息子さん？」

土岐さんは驚いたように振り返った。

「ええ、そうです」

「写真を見せていただいてもいいかしら……」

土岐さんはぱっと笑顔になった。

「もちろんです！」

スマートフォンのカメラロールから、男の子の写真を探し出して、こちらに見せる。

はじけるような笑顔の男の子だった。土岐さんに肩を抱かれて、ピースサインをしている。

留美子さんはためいきをつくように言った。

「なんて可愛いの……会ってみたいわ」

土岐さんが身を乗り出して答える。

「もちろんです。いつでもご紹介しますよ」

その隣でわたしはなぜか泣き出したいような気持ちになっていた。

望んだものが、そのまま手に入ることなんて、たぶん簡単じゃない。だが、望んでいなくても、素敵なことは転がり込んでくるかもしれないのだ。

4 th trip

北京の椅子

ある都市について、わたしがいちばん参考にするのは、行った人や住んでいた人のことばだ。友達や知り合いだとなおいい。その人が、普段、どんなものが好きで、どんな目で世界を見ているかがわかるから。

ガイドブック、テレビ番組、その街を舞台にした本や映画、その国の料理。興味を持つきっかけはたくさんあるけれど、友達から、「とてもいいところだった」と聞くと、とたんに、その街が輝いて見える。手招きをしているように感じる。

わたしに、西安《シーアン》と北京《ペキン》のことを教えてくれたのは、ブエノスアイレス留学で、同じ寮だった中国人女性の周《チョウ》さんだ。彼女とわたしは、他の寮生からよく間違えられるくらいに似ていた。

彼女は、中国東北部の哈爾浜《ハルビン》という街の出身だった。冬はマイナス三十度になり、夏は夏で三十度近くになると聞いて、驚いた。

「そんなに寒いなんて！」とわたしが言うと、周さんはにっこりと笑った。

「寒いのは気持ちがいいです。ブエノスアイレスは冬でも全然寒くならないから、むしろ身体《からだ》を壊してしまいそうです」

寒いのが気持ちいいなんて、はじめて聞いたし、今まで感じたことはない。顔は似ているのに、生まれた土地が違うと、感じる快や不快も変わってくるのだろうか。

ブエノスアイレスも、冬は最低気温が七度くらいになるが、周さんによると、そんな程度では寒いとは言わないらしい。

「もし、中国を旅行するならどの街がおすすめですか？　やっぱり哈爾浜？」

寮のテラスでマテ茶を飲みながら、そう尋ねると、彼女は首を傾《かし》げた。

「中国は広いから、行ったことがない場所がほとんどです」

たしかにそうかもしれない。わたしだって、日本全国を訪れたわけではない。おすすめを聞かれても「京都や奈良」というありふれた返事しかできない。

「でも、北京と西安は、とても美しい街です。緑も多いし……」

もちろん、どちらも名前は知っている。西安は長安《ちょうあん》と呼ばれた古都だし、北京は言わずとしれた大都会だ。

日本で言うと、京都と東京といった感じだろうか。

「いつか行ってみたいです」

「哈爾浜にもぜひ、きてください。冬は氷祭りというお祭りをしていて、とても賑《にぎ》やかできれいですよ」

「ぜひ！」

氷で建築物や彫像などを作るお祭りだということは、後で調べて知った。札幌《さっぽろ》の雪まつりのようだと思った。なにより、マイナス三十度というのが、どんな世界なのか、一度体感してみたい。

哈爾浜の話をしばらく聞いた後、周さんはこんなことを付け加えた。

「春の北京は薔薇《ばら》がそこかしこに咲いていて、とても美しいですよ」

その瞬間、わたしの頭の中で北京のイメージが塗り替えられた。大都会から、薔薇の都へ。

正直なところ、「油断をしていたのだろう」と問われると、その通りだとしか答えられない。

これまで添乗先はヨーロッパが多かった。「西安、北京六日間の旅」と聞いたとき、「今回は近くだ」と反射的に思ってしまうのも仕方がないことだ。飛行機に乗るのも、乗り継ぎ時間を含めてだいたい五時間ほどだし、朝出発して、午後には到着できる。時差だってほとんどない。食事で、白いごはんが食べられる。旅程も、これまでは最低でも七日間だったから、一日少ない。

中国語は話せないが、漢字は簡体字でもなにかが伝わるし、しかも田舎《いなか》に行くわけではない。西安も北京も都会だから、急に困ることも少ないだろう。

もちろん、下調べはした。兵馬俑《へいばよう》、大雁塔《だいがんとう》、万里の長城、天壇公園。中国は長い歴史があるから、それについてもきちんと説明できなければならない。英語か日本語が喋《しゃべ》れるドライバーはつくが、現地のガイドは同行しない。

それでも、どこかで安心していた。今度の旅は近くに行くのだ、と。

添乗員の仕事をはじめて、三ヵ月以上経《た》つし、少しは要領もわかってきた。

たぶんトラブルというのはそんなときに忍び寄ってくるものなのだ。

西安空港の預け荷物引き取り場所のターンテーブルで、その問題は発生した。

同じ便に乗っていた人たちが、どんどんスーツケースを持って立ち去っていくのに、ツアー参加者の荷物はいっこうに出てこない。

ロストバゲッジという出来事が、決して珍しい事態ではないということは、知識としては知っていた。だが、十何時間も乗るようなロングフライトでしか起こらないと、勝手に思い込んでしまっていたのだ。

わたしたちが乗った便は、羽田空港を出発して北京空港で一度乗り継ぎをしている。乗り継ぎ時間はぎりぎりだったから、まさかそこで、荷物だけ取り残されてしまったのだろうか。

ツアー参加者たちの顔が曇り、ざわつきはじめる。

わたしは今回、すべての荷物を機内持ち込みにしていたが、参加者はほとんど、荷物を貨物室に預けているはずだ。ツアーとしても、それを推奨している。

手荷物として機内に持ち込んだ方が、飛行機を降りてすぐに移動できたり、ロストバゲッジを避けられるという利点があるが、旅慣れていない人は、化粧品の瓶や、刃物など、持ち込んではいけない荷物を持ち込んでしまったりして、手荷物検査所で揉《も》めることがある。また機内のスペースも限られているから、搭乗が遅くなって、手荷物をしまう場所が空いていないこともある。トータルとしては、預けてもらう方が添乗員の負担は少ない。

だが、それもロストバゲッジさえ起こらなければの話だ。

とうとう、ターンテーブルの上の荷物はすべてなくなってしまった。わたしたちのツアーの荷物は出てこない。

係の人に尋ねてみると、貨物室の荷物はこれで終わりということだった。完全なるロストバゲッジだ。

わたしは参加者を集めて、事情を説明した。

「これから、くわしいことを聞いてきますので、少しお待ちください。荷物タグの控えだけ預からせてもらえますか？」

これがまた簡単なことではなかった。ほとんどの人はすんなりと出してくれたが、角田さんという七十代の男性が声を荒げた。

「あんな、ぺろっとした紙一枚、どこに行ったかわからん！」

「たぶん航空券の半券に貼ってあると思いますが……」

「半券など捨ててしまった」

わたしは考えこんだ。たぶん、捨てていない可能性の方が高いはずだ。半券は搭乗するときにもらうものだし、その後ゴミ箱などない。ポケットか鞄《かばん》のどこかに入れる人がほとんどだ。

だが、この人は探すことすらせずに、「ない」と言い切っている。

「申し訳ありません。もう一度、お洋服と鞄のポケットなどをお探しいただければ……」

「ないものはないと言っているだろう！」

怒鳴りつけられて、びくっとする。怒られてもわたしにはどうしようもない。荷物タグの控えは、旅客が自分で管理するべきものだ。

ちょうど隣で、羽田野《はたの》夫妻の夫、芳雄《よしお》さんが声を上げた。

「ポケットにあったぞ！」

六十代ほどのご夫婦で、さきほどから荷物タグの控えを探していた。

それを聞いて、角田さんは険しい顔でポケットを探りはじめた。わたしが予想したように、胸ポケットから航空券の半券が出てきて、そこに荷物タグの控えが貼り付けてあった。

角田さんは不機嫌そうに、わたしにそれを差し出した。

「まったく……なんでこんな目に遭わなきゃならないんだ……」

それを言いたいのはわたしである。先ほど怒鳴りつけられたのはなんだったのか。

「日本人は礼儀正しい」なんて言われることもあるけれど、いきなり人を怒鳴りつけるような人は他の国より多いと思う。怒鳴りつける相手はたいてい、目下だと判断した人だ。サービス業の従業員、若者、女性、外国人。もちろん、ツアーの添乗員もこのカテゴリに入る。わたしなど、若者で女性でもあるから、カードが揃《そろ》っている。

しかし、サービスは提供していても、使用人と主人という関係ではない。

それでも、こんなときは笑顔で「ありがとうございます」とか「お手数かけて申し訳ありません」などと言わなければならないのが、日本人相手のサービス業である。

頭を下げて荷物タグの控えを受け取り、わたしはバゲッジカウンターに話をしに言った。

中国語しか通じなかったらどうしようかと思ったが、流暢《りゅうちょう》に英語を喋る人がカウンターにいた。

彼女はパソコンのキーボードを叩《たた》いて、なにかを打ち込んだ。

「この荷物は手違いで、西安行きの便には乗せられなかったようです。もし、北京空港に残っていれば、今夜には届くのですが……」

顔をしかめているところを見ると、あまり喜ばしい結果ではないようだ。わたしは泊まるホテルや旅程を、所定の用紙に記入した。

係員は電話をかけて、中国語で話し始めた。一文字も聞き取れない中国語が彼女の口から奔流のようにあふれ出る。

言語は、まるで音楽だ。そのリズムや響きだけがどこか馴染《なじ》みがあるのに、意味は少しもわからない。学習すると、少しずつ、音がことばに変わっていく。

彼女は電話を切った。すぐになにかわかるかと思ったが、「少しお待ちください」と言われただけだった。振り返ると、ツアー参加者たちが不安な顔をしているのが見える。

説明に行った方がいいのかもしれないが、カウンターを離れて後回しにされてしまうのも困る。

じりじり待っていると、折り返しの電話がかかってきた。電話に出た係員は、二言三言、会話を交わして切った。

「北京空港にはないようです。どこかの便に間違って乗ってしまった可能性が……」

おお、神様。わたしは空を仰いだ。最悪のパターンだ。

どこかの便ということは、今頃、ケープタウンかサンパウロ行きの便に乗っている可能性だってある。北京からケープタウンやサンパウロ行きの便があるかどうかは知らないが。

わたしはロストバゲッジ用の提出用紙をもらって、ツアー参加者のところに戻った。

「大変申し訳ありません……北京空港で、荷物が別の便に乗せられてしまったようで……」

参加者の間から悲鳴のような声が上がる。

「今探してもらっています。荷物の詳細について、こちらに記入お願いします」

どんなスーツケースが何個無くなったのか、ネームタグはついているのか、そういう情報は大事だ。写真があるのなら、いちばんいい。

四十代の女性二人旅の春野《はるの》さんと清宮《きよみや》さんがわたしに近づいてきた。

「あの……化粧品が全部、スーツケースの中なんですけど、どうすればいいんですか？」

　ごもっともだ。機内持ち込みできる液体は百ミリリットル以下の容器に入れたものだけだ。わたしはオールインワンの乳液と、リンスインシャンプーを小さな容器に移し替えているが、スーツケースに入れる人がほとんどだろう。

「大変申し訳ありません。この後、買い物できる場所に寄りますので、そちらでなにか買っていただけると助かります」

　幸い、時刻はまだ四時にもなっていない。中国の都会は夜まで開いている店も多いはずだ。

　角田さんはわたしを責めるように、声を荒げた。

「着替えもなにもない状態で、どうすればいいんだ！」

「申し訳ありません。当座、必要なものだけでも買っていただけますと……」

「そっちのミスでこちらが金を出すというのか！」

　こちらのミスではない。ロストバゲッジはどうやっても起こってしまうものだ。そのために、ツアーの説明書にも、一泊分の下着や着替えや絶対に必要な薬などは機内持ち込みにするようにと書いてある。

「加入していただいた、海外旅行保険で、後から補償されますので……どうぞよろしくお願いします」

　こういうときの対処法は、研修時代に何度もシミュレーションさせられた。だが、それとは別に、怒鳴りつけられるのはやはりつらい。そういうもんだと言い聞かせても、心が悲鳴を上げる。

それだけではない。他のツアー参加者も、「頼りない添乗員」と言いたげな目で、こちらを見ているように感じてしまう。被害妄想かもしれないが、それでも一度、不信感を与えてしまうと、挽回《ばんかい》は簡単なことではない。

いつだって、うまくいくとは限らないことはわかっている。

それでも、今回は前途多難な予感がした。


空港出口では、林《リン》さんという四十代の男性ドライバーが待っていた。小柄で、よく日に焼けている。

「遅いから、心配しましたよ」

流暢な日本語でそう言う。

「すみません。スーツケースがなくなってしまって……」

「ええっ？　それは大変です。帰ったら、うちの旅行会社からも空港に連絡を入れさせます」

そうしてもらえると助かる。やはり、地元の人の方が話も早いだろう。林さんが働いている旅行会社は、わたしの派遣先であるパッション旅行社との業務提携も長く、頼りになると聞いている。ようやく味方に会えたような気がして、ほっとした。

「それで、当座の着替えや下着、化粧品などを買いたいんですけど、いいお店知りませんか？」

「ホテルの近くにもお店はいろいろありますけど、一軒でいろいろ買える方がいいですよね」

「そうですね」

この後、回民街《かいみんがい》などを観光することになっている。買い物もしなければならないが、ツアーの予定もこなさなければならない。

「わかりました。ちょうどいいスーパーがありますから、ホテルに行く前に寄りましょう」

「防寒具とかも買えますか？」

「買えますよー」

羽田野さん夫妻は、ダウンコートをスーツケースに入れてしまったと言っていた。今は薄手のジャケットしか着ていない。今日明日の西安は、最高気温でも十度くらい。さすがにもう一枚くらい重ね着しないと寒そうだ。

話しながら、空港の外に出て驚く。空が茶色だった。

曇っているというだけではない。なんだか砂煙のようなものに覆われているようなそんな天候なのだ。

ツアー参加者たちも口々に、「空気が悪い……」「変な臭いがする」などと言っている。

わたしたちは、空港の駐車場に停《と》めてある、小型バスに向かって歩き出した。今回のツアーは、全部で十人。決して多い数ではないから、小さなバスで充分だ。

林さんが言った。

「砂漠の方から風が吹いているんです。こういう日は空気があまりよくありません」

黄砂のようなものだろうか。そういえば、西安の北西には広大なゴビ砂漠がある。

あらためて、その国の大きさに息を呑《の》む。林さんは続けて言った。

「こんな天気ばかりではありません。明日の朝は雨が降るから、雨上がりは砂が洗い流されて爽やかですよ」

雨は憂鬱《ゆううつ》だが、空気がよくなるならその方がいい。

バスは走り出し、わたしは茶灰色に煙った空を見上げた。


林さんは、わたしたちを二階建てのスーパーマーケットに案内してくれた。化粧品や衣類、下着などもある程度揃っているが、郊外のショッピングセンターほど広くはない。参加者を見失うこともなさそうだ。

とりあえず、三十分と時間を決めて、当座必要なものを買ってもらうことにする。

「ちょうどいいお店で助かりました」

そう言うと、彼は人懐っこそうな笑みを浮かべた。

「先週も、イギリスからきたお客さんの荷物が届かなかったから、このスーパーに案内しました。喜ばれましたよ」

　どうやら、ロストバゲッジは珍しいことではないようだ。

「ヨーロッパからのお客さんも多いんですか？」

「多いね。特に西安は人気があります。二十年くらい前は、日本からくるお客さんも多かったんですけど、どんどん減りましたね。中国は人気の旅行先ではなくなったみたいですね」

　きゅっと胸が痛くなる。たぶん、昔は中国の方が物価がずいぶん安かったから、旅行に行く人も多かったのだろう。今、五十代くらいの人に話を聞くと、バックパッカーとして中国を旅した人も多い。今では日本との物価の差はかなり縮まっているし、下手《へた》をすると中国の方が高いものだってある。

「すみません。わたし、会社に連絡入れますね」

　わたしは携帯電話を持って、お店の外に出た。会社にロストバゲッジの報告をして、夕食のレストランの予約を三十分ずらしてもらうようにお願いする。

　今日は回民街のレストランで、西安の伝統料理を食べることになっていた。

　連絡を終えて店に戻ると、林さんは春野さんと清宮さんの化粧品選びを手伝っていた。成分表示を訳してあげているようだ。

　わたしも少し店内を見て回ろうかと考えていると、羽田野夫妻が買い物を終えて出てきた。

薄手のダウンを着ているところを見ると、タグを切ってもらって着ていくことにしたらしい。

「よくお似合いですね」

「ちょうどサイズが合うのがあってよかったです。前、ハワイで買い物したときには子供服しか合うのがなくて……」

妻の美子《よしこ》さんはそう言って笑った。彼女は百四十五センチくらいと小柄で、細身だから、たしかに大柄な人の多い土地では買い物に困るだろう。

「添乗員さんは買い物しないんですか？」

「わたしは、全部機内持ち込みにしていたので……」

「さすが！　旅慣れている方は違いますね」

芳雄さんにそう言われて、わたしは引《ひ》き攣《つ》った笑みを浮かべた。

何年か添乗員として働いたら、そのことばを素直に受け入れることができるのだろうか。わたしの添乗経験なんて、十回にも満たない。羽田野さんは旅好きで、夫婦であちこち行っていると言うから、わたしよりもいろんな場所に行っているだろう。

買い物を終えた人たちが戻ってくる。だいたい、みんな必要なものは買えたようだ。

参加者の表情が明るくなっていて、ほっとする。せめて、この先はトラブルなく、過ごしたい。

わたしたちはバスに戻ることにした。

バスの中から、鐘楼と城壁の一部を車内観光した後、鐘楼の近くの駐車場にバスは停まった。ここから回民街を観光することになる。

夜市のように人が多いということは聞いていたから、貴重品に注意するようにと参加者に話してから、回民街に足を踏み入れる。

入り口から、多くの出店が並んでいて、熱気で圧倒された。

羊をその場で捌《さば》いて、串焼きにする屋台。飴《あめ》菓子を何メートルも伸ばして、客の目を惹《ひ》く店と、動画を撮影する人たち。色とりどりのフルーツの飴がけ、麺類《めんるい》のようなものを、使い捨て容器に入れて売る屋台。

スパイスと肉のいい匂いがあちこちから漂う。もし、わたしが遊びにきていたら、片《かた》っ端《ぱし》から食べ歩きしたくなっただろう。

まだ日が落ちる前だから、これから夕食時にかけて、いっそう人が増えるだろう。まず、回民街の中にある大清真寺《だいせいしんじ》というイスラム寺院を見に行くことにする。

ここは中国でいちばん古いモスクであり、中国の建築様式とイスラムの様式が組み合わさった歴史的にも意味のある建築物だという。

人の多い回民街の中にあり、入り口は小さいが、中はかなり広い。四つの寺院と、五つの庭でできていて、奥には礼拝堂もあり、今も西安のイスラム教徒たちにとって、重要な祈りの場所でもある。

モロッコや、パリで見たモスクとは全然違い、中国らしい木造建築だが、ところどころ、イスラムの模様や、カリグラフィーのようなものもある。

礼拝前に沐浴《もくよく》をする場所などもあるのが、イスラム教らしい。

今日は、ロストバゲッジなどもあり、寸前の予習があまりできなかったが、なんとか説明を無事に終えられた。

明日は、有名な兵馬俑などにも行かなければならないから大変だ。

観光を終えると、外はすっかり暗くなっていた。

回民街のネオンが夜の中で輝いていて、それだけで気持ちが弾む。

カステラのようなお菓子を串に刺したものや、梅かなにかのドリンクなども売っていて、目が惹きつけられてしまう。

こういうとき、仕事できたのでなければはしゃいで歩くのに、と思ってしまうが、仕事でなければ簡単にはこられなかっただろう。

それでも、思いもかけないトラブルで沈んでいた心が躍り出す。

予約していたレストランに到着して、中に入る。きょうのメイン料理は、羊肉泡莫《ヤンルーポーモー》という羊のスープや、串焼きなどだ。

外は寒いが、一歩店に入るとあたたかい。ふたつの円卓に分かれて、席に着いた。

羊肉泡莫は、イスラムのナンのようなパンを細かくちぎって、そこに羊のスープを注いだものだ。日本の西安料理店で、一度食べたことがある。そのときは、自分でパンを細かくちぎって碗《わん》に入れた。ちぎり方が大きいと、「もっと小さく」とダメだしされて、楽しかったのだが、ここではあらかじめ、細かくちぎったものが出てきた。

何事も、現地の方が合理的なのかもしれない。

温かいスープは、冷えた身体に染み渡ったし、他に出てきた青菜の炒《いた》め物や、小籠包《ショーロンポー》のような小さい饅頭《まんじゅう》も美味《おい》しかった。

ふいに、隣のテーブルから、大声が聞こえてきた。

「わたしは、中国が大嫌いなんだ」

角田さんの声だった。羽田野美子さんが、優しく尋ねる。

「まあ、じゃあ、どうして中国に旅行に？」

こういうとき、嫌な雰囲気を出さずに尋ねられるのは、人徳だろうか。わたしなら絶対、嫌味っぽくなってしまいそうだ。

「今の中国は嫌いだが、歴史的には見る価値があると思ったんだ。でもダメだな。荷物はなくなるし、トイレは不潔だ。使用した紙を流せないなんて……」

反論したくなるのを抑え込む。

荷物は中国でなくても、乗り継ぎをすればなくなることはある。日本のようにトイレットペーパーを流せる国からすると、ゴミ箱に捨てるのは不潔そうに思えるが、下水のシステムなどが違うのだから仕方ない。

日本は、そもそも雨が多くて、水を豊かに使える国だ。世界のすべてがそんな国と同じではない。

「食事の時、茶も有料だなんて……」

角田さんの不機嫌な声はまだ聞こえてくる。わたしは会話を聞くのをやめて、自分のテーブルの会話に集中した。寺田《てらだ》さんと、金森《かなもり》さんという三十代の姉妹は、料理が好きらしく、串焼きに使われているスパイスを分析している。

食事の時、お茶ではなく、白湯《さゆ》が出てくるようになったのは、ここ五年くらいのことらしい。ツアーが始まる前に、先輩添乗員の黒木さんから聞いた。

日本だって、日本茶は無料のところが多いにせよ、烏龍茶《ウーロンちゃ》は有料だし、水しか出ないところだってたくさんある。

正直、嫌いと公言するなら、わざわざこないで欲しかった。もともと好きではない土地なら、どうしても減点方式になるし、特に角田さんのように不満を隠さない人は、ツアー全体の空気も悪くする。

わかっている。止める権利などわたしにはない。なるべくツアーの空気が悪くならないように努力するだけだ。

デザートには、キンモクセイの花の香りをつけたケーキが出てきた。屋台で、串に刺して売っていたものだ。

しっとりとして、甘く、なんともいえないいい香りがした。


ホテルに到着して、鍵を全員に渡し、明日の集合時間を伝えて、解散した。

今日の仕事はこれで終わりと言いたいが、まだまだ会社への報告や、ロストバゲッジの確認をしなければならない。

空港に連絡して、荷物のことを尋ねる。

「お探しの荷物ですが、厦門《アモイ》空港で見つかりましたので、明日の便で北京に戻します」

アモイとはどこかわからない。どうやら中国国内らしいので、サンパウロに行っていなかったことを感謝する。

「それでですが、明後日、西安から北京に移動されますよね。そのときに北京空港で荷物を受け取るのでもかまいませんか？」

そう言われて、わたしはあわてて叫んだ。

「ダメです。明日中に届けてください」

もし、これがわたしのプライベートな旅ならば、「それでいいです」と言ってしまいそうだし、空港の係員の労力を考えると、そう言いたい気持ちだってある。

だが、添乗員である以上、ツアー参加客のことをいちばんに考えなければならない。

「夜になりますが、それでも大丈夫ですか」

「もちろんです」

夜でも、荷物が届くのと、届かないのとではまったく違うはずだ。着替えだってできる。

電話を切った後、わたしはホテルの部屋にあった電気ポットで、お茶を淹《い》れた。ヨーロッパのホテルにはこういうものがついていないところの方が多かった。やはり、部屋でお茶を飲めると、ほっとする。

ひと息ついて、わたしは立ち上がった。荷物が届くことを、ホテルに知らせておかなければならない。

エレベーターで、一階に降り、フロントに向かおうとしたときだった。

日本語の大きな声が聞こえた。今日、何度も聞いた角田さんの声だ。

「だから、おかしいと思うんだよ。あの中国人ドライバー、スーパーの店員と親しげに話をしてたぞ。グルなんじゃないか？」

息を呑んで、足を止める。

角田さんは、フロントの前のソファで話をしていた。会話につきあっているのは羽田野さん夫妻だ。

「まあ、知り合いの店に案内するくらいのことはありそうですよね。荷物がなくなることまでは予想していなくても……」

そう答えているのは美子さんだ。相変わらずの優しい口調だが、「そんなことはない」と言ってほしかった。

「いや、わたしはそれも怪しいと思うね。北京の空港の係員とも繋《つな》がっているかもしれない。ツアー客全体の荷物だけなくなるというのもおかしい」

今日、羽田から北京、その後、西安という乗り継ぎをしたのは、わたしたちのグループだけだったかもしれない。他に同じ旅程の人がいても、チェックインのタイミングが違えば、荷物が運ばれるタイミングも変わる。

北京の空港の係員と、林さんがどうやって共謀するというのだ。

だんだん腹が立ってくる。だが、その次に角田さんはこんなことを言った。

「あの添乗員だって、わかっていて協力しているかもしれない。だって、彼女だけ荷物を全部機内持ち込みにしていたなんておかしいだろ。二、三泊のツアーじゃない。五泊六日だぞ」

すうっと心が冷えるのがわかった。

これまで、ツアー参加者に腹を立てたことは何度もあったけど、こんなことを言われたことなどなかった。

頑張るのが当たり前。気を遣うのが当たり前の仕事だというのはわかっている。でも、こんなことを言われることまで受け入れなければならないのだろうか。

涙があふれた。わたしはそのままエレベーターに乗って自室に戻った。

千雪へ
西安に到着しました。トラブル続きでちょっと疲れちゃった。

わたし、本当にこの仕事を選んでよかったのかな。全然向いてないと思う。

嫌なことがあったら、すぐに顔に出ちゃうし、愛想がいいとは言えないし、すぐにこんがらがるし、ただ、旅が好きだというだけ。

本当は、もっと旅だけじゃなくて、人が好きな人が選ぶべき仕事なんじゃないだろうかと思っている。

もしかして、壁にぶち当たっているのかも。また帰ったら、話を聞いてください。緑の干しぶどうがおいしいと聞いたから、お土産《みやげ》に買っていくね。

遥

遥へ
人が好きだって言う人でも、他人に優しくできない人もいるし、自分を好きになってもらうのが好きな人だっているよね。

その場その場で仕事を頑張って、失敗しながらでも続けて行けたら、きっとそれは向いている仕事なんだよ。

なんてね。わたしもしょっちゅう、向いていないって思ってる。わたしも全然優しくないもの。白衣の天使なんてくそ食らえって思う。

でもさ、百パーセント向いている人もいないし、百パーセントわたしに合う仕事もきっとないんだと思う。

緑の干しぶどうなんてはじめて聞いた。楽しみにしています。

千雪

二日目、観光から帰ると、ホテルに荷物が届いていた。

数えてみたが、間違いはなさそうだ。ツアー参加者の顔も明るくなり、わたしも少しだけ肩の荷が下りた。

それでも疲労感が消えたわけではない。今日一日、頑張って明るく振る舞った。

だが、無数に並ぶ兵馬俑に圧倒されても、美味しい餃子《ギョーザ》のフルコースに舌鼓を打っても、心の奥のちりちりとした痛みは消えない。

それをかき消そうと、冗談を言って笑ったり、楽しげにすればするほど、心の奥の自分がひとりぼっちになっていくようだった。外側の偽物のわたしだけが笑っている。

好きなことは仕事にしない方がいい。

旅行添乗員になることを決めたとき、そう言われたが、正直、ぴんとこなかった。

そのときのわたしは、自分が本当に旅行が好きかどうかすら、よくわからなかった。海外旅行だって、数回しか経験していなかった。ただ、いろんな国が見たかったのと、できる限り遠くに行きたかった。

つまり憧れの方が大きかったのだ。

でも、ようやくわかった。好きなことを仕事にするということは、好きなことの中に痛みや後悔が降り積もることなのだ。好きなことを、好きなだけではいられないということなのだ。

わたしは、今、なるべくトラブルに遭遇せずに、この旅が早く終わるようにとしか考えていない。これまでの旅は、トラブルがあっても、参加者に楽しんでもらえることをいちばんに考えていた。そんな自分が嫌で仕方ない。

林さんの言っていたように、今朝は雨が降り、昨日の埃《ほこり》っぽい空気はきれいに洗い流されてしまったように爽やかな日になった。

それでも、わたしの心には黄砂のようなもやがかかっている。


三日目、朝から西安を発《た》って、北京に向かう。

丸二日もいなかった街を、バスの窓から名残《なごり》惜しく見送る。違う形でくることができたら、もっと楽しめて、もっと好きになれたはずの古都。

二日間、いろいろ気を配ってくれた林さんとの別れも悲しくて、なんだか泣きたいような気持ちになる。

林さんは、わたしのそんな表情に気づいたのか、こんなことを言った。

「北京のドライバーは、二十代の女性ですよ。日本の学校に行っていたから、日本語も上手ですよ。きっと仲良くなれますよ」

「ありがとう」

思えば、仕事で出会った人たちと、ＳＮＳやメールアドレスを交換することもあったけれど、そのあと連絡した回数は少ない。戻ったら、何人かに近況を聞いてみようと思う。

空港で、林さんに礼を言って別れた。

西安の空港は大きいから、到着ターミナルと出発ターミナルは分かれている。そのことが少しありがたい。角田さんに怒鳴りつけられたことを思い出さずにすむ。

それでも、チェックインのために荷物を集めていると、角田さんがわたしに言った。

「今度はなくならないように、ちゃんと係の人に注意しろよ」

えらそうな命令口調。もう笑顔を作るのも嫌になって、わたしは聞こえないふりをした。

なぜ、この人は自分がえらそうに振る舞うだけで、なにかがうまくいくと思っているのだろう。わたしが、チェックインカウンターの人になにかを伝えたところで、その係の人が貨物室に積み込むわけではない。

クレームを言われたって、アンケートに悪いことを書かれたって、もう別にいいと思う。どんなに頑張ったところで、この人がアンケートでわたしを褒めることなんてないだろうし、褒められたいとも思わない。

チェックインと手荷物検査を終えて、搭乗口に向かう。少し時間に余裕があるから、売店などを見に、みんな席を立った。

ひとりになると、少しだけ息がつけるような気がした。


北京に到着したのは、十二時を過ぎたばかりだった。

今日は昼食の後、頤和園《いわえん》を観光し、胡同《フートン》と呼ばれる古い路地を見て歩く。明日は、万里の長城と明《みん》の十三陵、そして五日目が故宮と天壇公園というスケジュールだ。今回は無事に出てきた荷物を回収して、国内線の到着ターミナルを出ると、髪の長い女性が、パッション旅行社のプレートを持っているのが見えた。

　林さんから聞いた通り、まだ二十代前半くらいに見える。わたしと目が合うと、ぺこりとお辞儀をした。

「堀田さんですか？　お疲れさまです。張珠蘭《チャンシュラン》と申します」

　くりくりとした目を見開いて、日本語でそう挨拶した。

「チャンさんとお呼びしたらいいですか？」

　そう言うと、彼女はにっこりと笑った。

「わたしの日本の友達は、珠《たま》ちゃんと呼びます。珠ちゃんでもいいですよ」

　さすがにそれはくだけすぎだが、一気に親しみやすさを感じる。

　彼女は、羽田野美子さんの荷物を代わりに持って、バスに向かった。

　西安より寒いと聞いていたが、それほどではないと思う。天気がいいせいだろうか。

「思っていたよりも寒くないんですね」

　そう言うと、張さんは、「昼間はね」と言った。

「夜は東京よりもずっと寒いです。底冷えがします」

「そうなんですね」

「でも、春と夏は、日本より一足早くくるような気がします」

それは知らなかった。寒い、あたたかいだけではなく、どの土地の気候もそれぞれ少しずつ違う。人の顔や性格が違うのと同じように。

その違いを知るのが好きだったことを思い出して、ささくれていた心が少し和む。

昼食は、北京名物のジャージャー麺を食べることになっている。急にそれが楽しみになってくる。


頤和園は驚くほど広かった。

広さは皇居の二倍以上。清《しん》の時代に離宮として改造され、昆明湖という西湖を模した人工湖と、いくつもの宮殿の建ち並ぶ美しい庭園だった。

まずは昆明湖の大きさに圧倒され、遠くから見てもわかる建造物の美しさに見惚《みと》れる。西太《せいたい》后《ごう》が愛して、一年のうち三分の二を過ごしたというのも、よくわかる。

すべてを見て歩くなら、一日あっても足りないだろう。今日は、長廊という七百メートル以上ある回廊を歩いて、その後一時間半ほど、自由行動を取ることになっている。

遊覧船に乗るのもよし、万寿山という山を登って、仏香閣という塔に上って、景色を楽しむのも良し、蘇州街《そしゅうがい》という蘇州の街を模した通りで、買い物もできる。

ここまで広い庭園になると、ちゃんと全員が集合できるのか不安になるが、それでもすべてを見て歩くことなどできない。今回のツアーは、全員が中国でも使える携帯電話を持っているから、少し安心だ。

長廊は、昆明湖やまわりの風景の美しさをゆっくり観賞できるだけではなく、回廊そのものが美しい建造物になっている。梁《はり》には、三国志や水滸伝《すいこでん》などの場面が描かれていて、それを見ているだけでも飽きない。

勉強はしてきたが、中国の歴史そのものの知識が足りないことが少し悔しい。もし知っていたら、この光景が、より色鮮やかに記憶に残っただろう。

幸い、つっこんだ質問をしてくる参加者もおらず、自由行動になった。わたしは蘇州街で、参加者が戻ってくるのを待つことにする。

どうやら、羽田野芳雄さんと角田さんは、万寿山に登ってみるようだ。美子さんも一緒に行くのだとばかり思っていたが、彼女は柔らかな笑顔で言った。

「わたし、足が疲れたから、山に登るのはやめておきます。蘇州街を見ようかしら」

芳雄さんもやめるのかと思ったが、彼は角田さんと行くらしい。

参加者がすべて、思い思いの場所に出かけてしまった後も、美子さんはなぜかわたしについてきた。

わたし自身は、なにかあったときに備えて待っているだけだからかまわないが、見たいところなどはないのだろうか。

尋ねようと口を開くと、先に美子さんが話を切り出した。

「あのね。添乗員さん、あの……角田さん、なんとかなりませんか？」

「え？」

「なんか、ずっとわたしたちについてきて……もちろん、たまにお話するのは全然かまわないんですけど、ずっと一緒に行動するのはちょっと気詰まりで……本当に、こんなことを言って申し訳ないんですけど」

はっとする。わたしは少しも気づかなかった。羽田野夫妻がいつも機嫌良く接していたから、不快ではないのかと思っていた。

「せっかく、夫婦水入らずできているのに、知らない方に気を遣うのは……」

「本当に申し訳ありません。もっと早く気づくべきでした」

わたしは頭を下げた。正直、羽田野さんが相手をしてくれることがありがたいと思っていた。添乗員として、目配りが足りていなかった。

「普通の方なら、いいんですよ。でも、あの方、いろいろ押しつけがましいし、愚痴ばかり言うし……」

「おっしゃる通りだと思います。羽田野さんにご負担をかけることになってしまって申し訳ありませんでした」

わたし自身が角田さんが苦手だという気持ちも、少なからず影響していた。反省するしかない。

しかしどうすればいいのだろう。角田さんは羽田野夫妻をかなり気に入ってしまっているようだし、わたしが間に入って、角田さんと率先して話す以外の解決方法が浮かばない。彼とは話したくないが、ツアー参加者を矢面に立たせるわけにはいかない。泣きたいような気分になる。

「ひとりで参加してる人だから、ひとり行動に慣れているのかと思ったら、そうではないみたいですよね」

美子さんのことばに、わたしは頷《うなず》く。たしか、緊急連絡先は別居の娘となっていたはずだが、誰かと一緒に生活しているのだろうか。

「気が付かず、申し訳ありませんでした。これからはわたしがなるべく、角田さんと話すようにします」

残りの日程を思うと、絶望的な気分になるが、それ以外の方法はない。

美子さんはほっとしたように微笑《ほほえ》んだ。

頤和園での観光を終えると、わたしたちはミニバスで胡同がある什刹海《シーチャーハイ》というエリアに向かった。北京の古い建築がたくさん残っている一方、カフェバーなども多く、外国人や若者にも人気のエリアだという。三つの湖のまわりは遊歩道のようになっていて、観光客や地元の人たちもたくさんいる。

昔は政府の要人などもたくさん住んでいたエリアだから、四合院《しごういん》と呼ばれる古くて立派な建物が残っているらしい。

四合院とは中庭を囲むように四つの建物が立つ中国北方独自の建築だという。外から通じる門はひとつだけ、胡同に面する壁には、窓もないことが多いのだという。

それでも中庭があるから、建物内は明るく、快適だと聞いた。昔は一家でひとつの四合院に住んでいたり、主人が母屋、使用人が別棟に住んでいたことが多かったというが、今はひとつの四合院に、別の家族が住んでいることもあるそうだ。

人の住んでいる家は、もちろん見学できない。だが、胡同を歩いているだけで、清の時代の空気が伝わってくるような気がする。

ふと、不思議なことに気づいた。

路地に、古い椅子やソファが置いてあるのだ。床几《しょうぎ》かベンチのようなものに、古いクッションが置いてあることもある。

ひとつやふたつではない。そこかしこに、座るところがある。布製の椅子もあるから、雨でも降ればびしょ濡《ぬ》れになるだろう。

張さんに聞いてみたかったが、路地には車が入れないため、彼女は路地の出口にミニバスをまわして待っている。

歩きながら、角田さんの様子を見ていたが、彼は羽田野夫妻とは離れて、ひとりで歩いている。もしかしたら、芳雄さんにもなにか言われたのかもしれない。

ようやく、見学できる四合院に到着して、中に入る。

朱塗りの柱や扉、広い中庭。梁には美しい細工がしてあり、ためいきが出るほど美しい。

わたしはパンフレット片手に説明をしながら、中を見学した。

角田さんがふいに大きな声で言った。

「こんな美しい建物があるのに、街中はビルだらけじゃないか。伝統を大事にしない国だな」

ツアー参加者たちが目を合わさないように顔を背けるのがわかった。ためいきが出る。

日本だって同じだ。古い建築が壊され、新しい建物になるなんて日常だ。維持にもお金だってかかるし、わたしたちは快適な生活を望んでいる。

少なくともわたしは、障子と縁側があり、瓦葺《かわらぶ》きのような日本家屋には住むことはできない。椅子とベッドの生活に慣れてしまっているし、女性が一人暮らしをするには不安がある。マンションの方がずっと安全だ。

「伝統を大事にするべきだ」と人に言うのは簡単だが、実行するのは簡単ではない。少し考えればわかることだ。

見学を終えて、外に出る。

ミニバスが待つ通りに向かって歩き出そうとして、気づいた。

路地に出された椅子に、老人が座っていた。その斜め向かいの家の前にある椅子には女性が座って、ふたりで話をしている。

しばらく歩いていると、また古いソファに座って、話をしている人たちがいるのに気づいた。

なぜ、家の前に古い椅子が出してあるのか、ようやく理解した。そこに座って、近所の人たちとおしゃべりするためだ。

四合院には窓がなく、中の様子は見えないけれど、住む人たちは時間のあるとき、外に出て、椅子に座り、近所の人たちと話をする。

雨に濡れようが、砂埃にまみれようが、椅子やソファはそのために外にある。

その距離感が、少しうらやましいような気がした。


夕食は北京ダックだった。

日本の中華料理店で、一度だけ食べたときには、小さな皿の上に春餅《チュンピン》に包まれた北京ダックがすました顔でひとつだけのっていた。だが、今夜は、飴色に焼かれた北京ダックがまるまる一羽出てきた。

五人で一羽、ツアーはわたしも含めて十一人だから、六人の方のテーブルには少し大きめの北京ダック。クレープのような春餅に包んで、甜麵醤《テンメンジャン》をつけて食べるが、北京ダックだけを食べてお腹がいっぱいになるなんて、なかなか日本ではできない経験だ。

最後には、骨を使ったスープ。美味しくて、満足感もあって、本場らしさも充分ある。これまでも食事はどこも美味しかったが、この北京ダックは日本に帰ってからも思い出してしまいそうだ。

美味しいものを食べると少し元気が出てくる。旅もようやく折り返し地点を過ぎた。

四日目は万里の長城と明の十三陵の観光だ。北京観光のハイライトとも言えるだろう。

万里の長城は想像よりも高低差が激しく、運動量が多いと聞いていた。歩きやすいトレッキングシューズとパンツ、ダウンジャケットとリュックサックで出かけることにする。

普段、旅行のときはリュックサックはあまり使わない。どうしても後ろは注意不足になるし、切られて中のものが盗まれることもある。かといって、斜めがけバッグも「いかにも旅行者だ」と言われたりするし、普通の肩掛けはひったくりが怖い。小さなショルダーバッグを持っていたら、「いかにも貴重品が入ってそうで、狙われる」と言われたこともある。

要するに、なにをやってもケチをつけられるし、狙われるときは狙われるのだから、自分が管理しやすい鞄《かばん》を選ぶしかないのだ。

今日も歩きやすい格好、なるべくスニーカーで、という連絡はしていたのだが、ホテルのロビーに集まった参加者の中には、ローヒールのパンプスを履いている人もいたし、角田さんも革靴のままだ。

日本を発つ前ならまだしも、今から言ってもあまり意味はないので、気にせずそのまま出発することにする。

ミニバスで一時間半くらいかけて、万里の長城に向かう。

万里の長城といっても、その名の通り、中国を横断していく長い城壁で、全長は八千キロだとか、二万キロ以上もあると言われている。北京の近くにあって有名な観光地になっているのは、八達嶺《はったつれい》長城と呼ばれる部分で、全体のほんの一部だ。

西の方はゴビ砂漠に達するという。あまりに途方もなくて、地図を見るだけでも気が遠くなる。先輩添乗員の中には甘粛省《かんしゅくしょう》にある嘉峪関《かよくかん》という西の端まで行った人もいる。

駐車場にはたくさんの観光バスが停まっていた。中国国内からだけではなく、他の国からの観光客も大勢が、万里の長城に向かっている。

今日は張さんもバスを降りて一緒に行ってもらうことになっている。

長城では自由行動ということになっている。なだらかな女坂に行きたい人は張さんと一緒に行ってもらい、わたしはハードな男坂を引率するという計画だった。

こういうことがあるから、添乗員は体力仕事でもある。今はまだ若さでなんとかなるが、長年続けようと思えば、身体を鍛えなくてはならない。

羽田野夫妻や、春野さんや清宮さんたちは、女坂を行くという。当然、角田さんもそちらに行くものだとばかり思っていたが、彼は男坂の方に行くと言い張った。

「体力には自信がある。山登りにもよく行っている」

彼は胸を張ってそう言った。ならば、なぜトレッキングシューズではないのだろうと思ったが、問い詰めても仕方ない。なにより、羽田野さんは角田さんと行動を共にしたくないと言っていた。こちらにきてもらう方が、わたしとしても助かる。

男坂と女坂はまったく別の方向だ。二時間後に駐車場で集合することにして、わたしたちは歩き始めた。

観光というよりは、ハイキングに近いようなコースだ。わたしは歩きながら、角田さんに尋ねてみた。

「山登りがお好きだとおっしゃってましたが、トレッキングシューズは持ってこられなかったんですか？」

「妻がどこかにしまい込んで、見つからなかったんだ」

ならば、奥さんに聞けばいいのに、と思う。もしくは奥さんも忘れてしまったのだろうか。

ハードなコースの方が観光客は少ない。そういう意味では、こちらの方がゆっくり歩けるかもしれない。

二十分ほど歩いて、振り返ると、観光客でいっぱいの女坂が目に入る。うねうねとどこまでも続いていく城壁。ここまできて、歩いたからこそ、この絶景が見られるのだ。

寺田さんと金森さんは、体力があるのかひょいひょいと坂を上っていく。わたしの足では彼女たちには追いつけない。まあ、一本道だから迷子になるようなことはないだろう。

角田さんはやはりゆっくり歩いているから、彼と一緒に行くことにする。

角田さんの息が切れている。わたしは気になって話しかけた。

「ゆっくり行きましょう。無理をすると、後で筋肉痛になりますよ」

たぶん、それがいけなかったのだろう。角田さんは顔色を変えた。

「馬鹿にするな。こんな坂くらい」

そう言いながら、階段を二段飛ばしに上りはじめた。危ない、と思ったのとほぼ同時だった。

彼は階段を踏み外した。


スローモーションのように彼は階段を転げ落ちる。わたしは息を呑んだ。大変なことになってしまった、と思いながら、駆け寄った。

「大丈夫ですか！」

うう……と呻《うめ》きながら、角田さんは腰を押さえた。どうやら、頭を打ったりはしていないようで、少しだけ安心する。

大学生くらいの中国人の男性が、なにか言いながら角田さんを抱え起こそうとした。彼はその手を振り払った。

「ひとりで起きられる」

身体を起こして、立ち上がろうとした角田さんは顔を歪《ゆが》めた。

「どうなさいましたか？」

「足を痛めたらしい……」

顔をしかめて城壁にもたれる。捻挫か骨折なのか、立ち上がるのがやっとで、歩くことは難しそうだった。どうすればいいのだろう。ここからわたしが支えて、下まで連れて帰れるだろうか。

今から張さんに電話をかけて、ここまできてもらった方がいいかもしれない。

そう思ったとき、さきほどから見ていた中国人の男性が、英語でわたしに話しかけた。

「下まで降りられますか？　この人は大丈夫ですか？」

「怪我《けが》をしたみたいです。連れをこれから呼んで一緒に降ります」

彼は中国語で、前を歩いていた人に声をかけた。連れなのだろうか。すぐに三人が集まる。

彼は笑顔で言った。

「お手伝いします。一緒に降りましょう」

三人の男性が、角田さんを支えて、一緒に駐車場まで降りてくれた。身体ががっしりしているから運動部かなにかなのかもしれない。角田さんは憮然《ぶぜん》とした顔のまま黙っていたが、彼らは気にした様子もなかった。英語も中国語も喋れないから黙っていると思っているのかもしれない。わたしは先に行った寺田さんに電話をかけて、角田さんと一緒に降りることを伝えた。張さんにも電話をして事情を話す。

「わたしも降りた方がいいですか？」

少し考える。角田さんを病院に連れて行かなくてはならないとしても、他の参加者の観光を中止するわけにはいかない。

タクシーで北京の病院に連れて行くか、もしくはみんなが帰るまで待って、バスで移動するかどちらかだ。

「大丈夫です。駐車場で待っています」

男性たちは、駐車場のベンチに角田さんを座らせた。わたしは何度も頭を下げた。

「ありがとうございます。本当に助かりました」

「お役に立ててよかったです。気をつけて」

英語が得意なひとりがそう言って、三人はまた男坂の方へ戻っていった。ここからまた上るのだとしたら、かなり体力がある。

わたしは角田さんの方を向いた。

「大丈夫ですか。あまり痛むようでしたらタクシーで病院まで行きましょうか」

もちろんそのタクシー代は角田さんの負担だが、海外旅行保険で請求できる。

彼はわたしのその質問には答えず、ぽつりとつぶやいた。

「金を請求するつもりじゃなかったのか……」

彼がなにを言っているかすぐにはわからなかった。ようやく、ここまで連れてきてくれた三人の話をしているのだと気づいた。

猛烈に腹が立つ。思わず口が動いていた。

「転んだ人を運んで、お金を請求するために、あんなところにいたって言うんですか？　そんな非効率的なことを考えてたんですか？」

だから、礼一つ言わなかったのだ。そう思うと、腹立ちが抑えられない。

彼はもごもごと口の中で言い訳をした。

「いや……海外では近づいてくる人に気をつけろ……と」

だからって、親切にしてくれた人に失礼な態度を取っていいわけではない。

「どうして、そんなに嫌いなのに、中国にきたんですか？」

そう尋ねると、彼は視線を落とした。

「妻が……」

「奥さんが？」

「妻がいつか行きたいと言っていたんだ……三国志が好きだった」

なら、なぜ、一緒に来なかったのだろう。そう考えて気づいた。もう来られなかったのかもしれない。トレッキングシューズももう見つからない。

「去年、心筋梗塞で死んだ。前の日、肩が痛いと言っていたのに、気づいてやれなかった。まさか、そんな簡単に逝ってしまうとは思わなかった」

彼はふうっとためいきをついた。

「わたしはいつも、気づくのが遅すぎる。妻の異変にも気づかなかったし、行きたいとずっと言っていた西安や万里の長城にも、いつか連れて行ってやれると思っていた。休みを取って、連れて行ってやることもできたのに……」

わたしはなにも言わずに、彼の隣に座る。彼は続けた。

「さっきの若者にも、礼も言えなかった……」

ほんの少し早く気づけば、親切にしてくれたお礼は言えたはずだ。そのブレーキをかけているのはいったいなんなのだろう。

彼は力なく笑った。

「こんなだから、ひとりになってしまったんだな。娘も息子も、妻がいなくなってから急に家に寄りつかなくなってしまった」

わたしには角田さんの子供たちの気持ちがわかる。きっとわたしでも距離を取ってしまうだろう。

だが、今悔やんでいる角田さんの気持ちも少しわかる。大切なことに気づくのが遅くて、しくじってしまうことなんて、わたしにもある。

きっと性格やものの見方なんて、簡単には変えられない。

わたしは胡同にあった、古い椅子やソファを思い出した。

あんな場所があれば、孤独を感じる人は少しだけ減るのかもしれない。寂しいときは外に出て、あの椅子で誰かが話しかけてくれるのを待つ。

忙しい人や話したくない人は、家の中にいればいい。話したいときに外に出て、ほんの少しだけ日の光を浴びたり、そこで編み物をしたり、本を読んだりする。

運がよければ、話したいタイミングが誰かと合って、会話ができる。

電話をかけたり、家を訪問したりするのとは違う。もっと気負いのない場所。そんな場所が近くにあればと思う。

もうそろそろみんなが帰ってくる時間だ。

幸い、座っているうちに、角田さんの足も痛みが引いてきたらしい。長時間歩けるかどうかはわからないが、骨折などではないだろう。

わたしは思い切って角田さんに言ってみた。

「前の人に言えなくて、悔やんでいるありがとうを、他の人に言ってみたらどうでしょう」

誰かに感謝を伝えるのが下手で、いつも遅すぎるなら、遅すぎた分を別の誰かに渡せばいい。

角田さんは少し苦い顔をした。

「難しいな」

「ですよね」

それでも悔恨を抱えていくよりは、少し気が楽になるのではないだろうか。

真っ先に帰ってきたのは張さんだった。

「角田さん、大丈夫ですか？　歩けますか？」

彼女はそう言って、角田さんの顔をのぞき込んだ。

「バス、ドアを開けますね。荷物持ちましょうか？」

角田さんは少し躊躇《ちゅうちょ》した。だが、口を開く。

「あ、ありがとう……」

張さんは弾《はじ》けるような笑顔を見せた。

5 th trip

沖縄のキツネ

遥、ひさしぶり。

なんだか、気楽に会えないようになっちゃったね。

一年前はこんなことになるなんて、想像もしていなかった。自分の仕事は好きだし、やりがいは感じているけど、毎日息が詰まることばかりで、ちょっと疲れました。

遥に会って、また、前みたいに焼き鳥食べながら、いろんなおしゃべりしたいと思うけど、ちょっとこの状況では誘いにくいです。

遥は元気にしていますか？　ご家族は？　お友達は？　遥のまわりの人たちがみんな元気でいられることを祈っています。

わたしはといえば、南の島に行く妄想ばかりしています。

全部終わったら、一週間くらい休みを取って、どこか南の島に行って、毎日水着でプールサイドで読書したり、カクテル飲んだり、夕陽《ゆうひ》を眺めたりしてやるのだ。エメラルドグリーンの海がわたしを待っている。そう思いながら毎日働いています。

じゃあ、元気でね。また会える日を楽しみに、仕事頑張ります。

幼なじみの千雪から届いたメッセージを眺めながら、わたしは小さくためいきをついた。

今、わたしの目の前には、エメラルドグリーンの海が広がっている。

水着ではなく、普段着のTシャツとハーフパンツだし、飲んでいるのはコンビニで買った豆乳であって、カクテルではない。でも、わたしは今、南の島にいる。

それを知ったら、千雪はどう思うだろう。

いい気なもんだと思うかもしれないし、わたしがここにいる理由を知ったら、可哀想《かわいそう》だと思うかもしれない。だから、どうしても言い出せない。

しばらく考えた末に、わたしは当たり障りのない返事を書いた。

東京にいるふりをして。


三年ほど前、まだ飲み慣れないお酒に酔って、千雪と一緒に占いの館に入った。

二人並んで、タロットカードで占ってもらった。

その、ひどく痩《や》せた美人の占い師は、わたしの方をちらりと見て言った。

「あなた、２０２０年は最悪の年よ。いろいろ気をつけなさい」

いきなりそんなことを言われて、驚いたし、ショックだったが、そのときには2020年は少し先のことだった。他に聞いてみたいことがたくさんあったせいもあって、聞き流してしまった。

その占い師は千雪の番になったときもこう言った。

「あなたは2020年、めちゃくちゃ忙しい。身体《からだ》に気をつけなさい」

占いの館を出てから、わたしたちはゲラゲラ笑った。なんであの占い師は、聞いてもいない三年先のことばかり言うのだろうと。

そして今、わたしはその占い師にもう一度、自分の将来について聞いてみたい気持ちでいっぱいだ。この前、その占いの館があった場所まで行ってみたが、潰れてしまっていたし、占い師は名前も覚えていない。

だが、2020年、とんでもないことが起こった。

一月の半ば頃、中国で新しいウイルスが猛威を振るいはじめたと聞いたときも、わたしはどこか他人事《ひとごと》のように思っていた。これまでもSARSとか、MERSが流行したこともあったが、正直、わたしたちの生活にはほとんど影響はなかった。

だが、ぼんやりしているうちに、そのウイルスは日本にも入ってきた。マスクが店頭からなくなり、消毒薬もドラックストアから消えた。

感染者は少しずつ、でも、確実に増え始めた。イタリアやスペインでは、感染爆発が起こり、それからイギリスやアメリカなどもロックダウンされた。

オリンピック、パラリンピックは延期になった。海外旅行はキャンセルが相次いで、そのうち、海外への渡航自体が難しくなってしまった。

わたしの仕事もすべてなくなり、自宅待機を申し渡された。

でも、どこかでわたしは気楽に考えていた。数カ月で、こんなことは終わるだろう。まだまわりには感染者もいないし、亡くなった人もいない。何カ月か堪え忍べば、日常は戻ってくる。たぶん、夏くらいには。

その後も、感染者は減ることなく増え続けた。緊急事態宣言が発出され、生活必需品以外のお店は休業した。テレワークになった人もたくさんいた。

その頃から、わたしはSNSやネットを見るのをやめてしまった。さすがに直接のメッセージがあれば、それには返事をしたいし、友達などが困っていないかは気になるから、一日一度だけ開いて、親しい人だけのリストをさっと見る。だが、それさえも、少し苦しい。

仕事が完全になくなってしまって、収入が途絶えてしまった。明日どうなるかもわからない。テレワークでも、仕事がある人。家で、パンを焼いたり、お菓子を焼いたりして、仕事のない時間を謳歌《おうか》している人、その人たちの様子が目に入るたびに、息苦しいような気持ちになる。ヘイトやデマなどを拡散する人もいて、心の距離を感じずにはいられない。

自宅での時間を楽しんでいる人たちはなにも悪くないのに、自分の境遇とくらべて、うらやましいと考えてしまう。シェアされる動画も気に障る。立派な家に住んでいる芸能人の、手洗い動画を見て楽しむ余裕なんてない。

派遣社員の立場では持続化給付金も受けられない。なけなしの貯金をはたいて、一人暮らしをはじめたばかりの部屋を引き払い、実家に戻った。

緊急事態宣言が解除されても、わたしの仕事が再開されることはない。

その頃にはようやく、気持ちの整理がつき始めた。少なくとも、海外旅行に行けるようになるためには、年単位での時間が必要だ。

転職するか、もしくは添乗員の仕事を続けるつもりなら、その間のアルバイトを探さなければならない。

たぶん、別の仕事を探す方が賢い選択なのだろう。ワクチンの開発は進んでいると言うけれど、それがどれだけの効果があるかなんてわからない。

わたしはまだ、添乗員の仕事をはじめたばかりだ。ひよっこもひよっこで、やり直すことがもったいないと考えられるほどのキャリアもない。

だが、それでもわたしは添乗員の仕事を諦めたくはなかった。

唯一と言っていいほど熱心に読んでいた千雪のＳＮＳでの投稿から、目をそらすようになったのは、その頃だ。

彼女は、看護師だった。わたしとは逆に実家を出て、ウィークリーマンションで寝泊まりしながら、毎日忙しく働いていた。

食事は毎日、テイクアウトのお弁当で休みの日もひとりで過ごしていた。彼女が身体を壊さないか、ウイルスに感染しないかが心配だった。

それでも、彼女には、居場所があり、わたしにはない。

そのことが胸に突き刺さった。


沖縄での求人を知ったのは、ちょうど秋、感染者が減少して、観光業界のための政府主体のキャンペーンもはじまり、日常の緊張感が少し緩み始めた頃だった。

キャンペーンのおかげで旅行に行く人が増えたと言っても、それは国内旅行だけで、わたしの仕事がないことに変わりはない。

パッション旅行社は海外旅行専門の小さな旅行会社だから、今は完全に受付を停止して、海外から食品を輸入して、自社のサイトで売っている。派遣のスタッフや、添乗員はすべて契約解除、正社員も希望退社を募って、今はごくわずかなスタッフだけでなんとか、この状況をやり過ごそうとしていると聞いた。

近所のコンビニや、スーパーのパートタイムの求人ならある。だが、実家にいるのがつらくなってしまったのだ。

両親は、もともとわたしが旅行添乗員になることには、反対だった。

正社員ではなく、派遣社員という形になることも反対だったし、教師や公務員になってほしいと、何度も言われた。それを押し切ったのはわたし自身だ。

父親は、何度も言った。

「ほら、見ろ。親の言うことを聞いていれば、こんな状況になっても、仕事がなくなることはなかったんだ」

自分が反対した正当性を証明するかのように、何度もそう言われて、わたしはすっかりなにもかも嫌になってしまったのだ。

仕事がなくなってしまったのは、わたしが失敗したからではない。こんな状況は誰も予想していなかった。

明日が見えないことに苦しんでいるのはわたしなのに、なぜ、この上、責められなければならないのだろうか。

大学生である弟の友樹《ともき》も、授業がすべてオンラインになったから、ずっと家にいる。弟の前で、しょっちゅう叱られるのも、責められるのも気が重い。学校の成績はそこそこよかったし、それなりにできる姉のつもりだったのに。

そんなとき、求人雑誌で見つけたのが、そのコールセンターの仕事だった。

契約期間は三カ月。勤務地は沖縄。まかない付きの寮もある。

時給は安かった。東京のコンビニで働く方がずっといい。でも、食事と住居の分が浮いて、家族から距離が取れるなら、それで充分だ。コンビニでのアルバイトをしながら、東京の高い家賃で一人暮らしをするよりは、余裕ができる。

面接を受けて、無事合格してから、両親に報告した。

当然のように猛反対されたが、知るものか。

ごくわずかな荷物だけを沖縄に送り、わたしは東京を旅立った。


それほど、期待していたわけではない。

だが、寮と言ってもビジネスホテルの一室のようなベッドだけの部屋で、食事は弁当の支給があるだけだった。朝は菓子パンがふたつ。

寮と職場があるのは、市街地からバスで一時間くらいかかるへんぴな場所で、コンビニに行くのさえ、徒歩で十五分もかかる。

ただ、五分歩けば海に出る。

もちろん、海水浴ができる整えられたビーチではないけれど、砂浜が続いていて、ビーチサンダルで散歩ができる。

それだけで気分が少し明るくなる。十月で、東京ではそろそろ上着が必要になってきていたけど、沖縄ではTシャツと短パンで充分だ。

友達ができればいいなと思っていたけれど、感染対策のため、休憩は別々に取り、休憩室での会話は禁止されていた。みんなマスクをしているから、顔の区別もあまりつかない。

他のオペレーターたちも、最近集められたらしく、仲良くなっている様子もない。

きてよかったと思うほど、職場や環境が気に入ったわけではないが、少なくとも家と両親から離れられたことには、解放感があった。

たった三ヵ月。場合によっては契約延長はありえると聞いていたが、期待して裏切られるよりは、期待しないでいる方がいい。それに三ヵ月だと思えば、食事や部屋の侘《わ》びしさに耐えられる。

わたしは自分に言い聞かせる。それほどは悪くはない。

仕事は定時で終わるし、土日は休みだ。外食をする場所もあまりないし、観光をする気にもなれないけど、海があり、気候はいい。

レンタカーを借りれば、ドライブもできる。

三ヵ月間、ひとりになって、ゆっくり考えて、この先、どうするか決めればいい。日本は今、少し感染者が減ってはいるが、世界の状況を見て、半年以内に観光旅行に出られるとは思えない。

土曜日の昼過ぎ、洗濯を済ませてコンビニまで歩いた。帰り道、海を見ながらサンドイッチと豆乳で遅い昼ご飯にする。

やっぱり、新しい仕事を探す方がいいのだろうか。

わたしはこの半年、何度も繰り返した問いを自分に投げかける。

そう決めてしまえば、気持ちは切り替えられる。ただ、どうしても添乗員として働いた半年足らずのことが忘れられない。

いろんな国に行き、いろんな人と会った。たくさんの人に助けられて、知らない景色をいくつも見た。うれしそうに笑う参加者の顔や、空港で別れるときの、どうしようもない寂しさ。すべてがいい思い出というわけではないのに、わたしは何度もその瞬間のことを反芻《はんすう》する。

未熟で頼りない添乗員だったけれど、あの瞬間のことがわたしは好きだったのだ。

そう思うと、景色が滲《にじ》んでくる。

もっと、添乗員として働きたかったのに、こんなことになってしまうなんて。

人の足音が聞こえてきて、わたしは胸元に差してあったサングラスをかけた。誰もわたしのことなんて気にしないだろうけど、それでも泣き顔は見られたくない。

「うわあっ」

女性の声がした。振り返ると、二十代くらいの女の子が、しゃがんでなにかを拾い集めている。

ペットボトルのコーラがこちらまで転がってくる。わたしはそれを拾い上げた。

どうやら、レジ袋の底が破れてしまったようだ。わたしは近寄って、コーラを差し出した。

「わあ、ありがとう！」

彼女は両手に野菜や、果物などを抱えている。さんぴん茶やポテトチップスなどもまだ路上に落ちていた。

「もし、よろしければ手伝いましょうか？」

わたしのエコバッグにもコンビニで買ったものが入っているが、まだ余裕はある。彼女ひとりでは、散らばったものを全部持つことはできないだろう。

「いいんですか？　助かります」

どうせ、散歩と読書くらいしかやることはない。わたしは拾ったものを、自分のエコバッグに入れた。

「ここから五分くらいなんです」

マスクをしているから顔はわからないけど、シンプルなノースリーブのワンピースと、わたしでもよく知っている流行のブランドのビーチサンダル。リゾートにでもやってきたように垢《あか》抜《ぬ》けている。同年代くらいの女性だ。

「そこに一棟貸しのコテージがあるんです」

彼女は訛《なま》りのないきれいな標準語でそう言った。地元の人ではなさそうだと思ったが、やはり旅行者らしい。

「一棟貸しのコテージかあ……素敵ですね」

ためいきのようにそう言ってしまう。彼女はあははと笑った。

「大したことないですよ。今は格安で借りられるし」

確かに、以前ならば海外からの長期滞在者もいただろう。台風さえこなければ、今は真夏ほど暑すぎず、南国らしさもあり、いいシーズンだ。

海沿いの道を歩く。木々も花も、関東とはまったく違う。フクギだとか、アダンだとか、いくつかの樹は覚えたけれど、まだ名前も知らない樹はたくさんある。

高い建物も、この近くにはない。この景色に慣れてしまえば、東京に帰ったとき、騒がしさに驚くのだろう。

「ここです」

少し小高い場所に、白い二階建ての一軒家が建っている。海に面したテラスにはデッキチェアが二つ並んでいる。

「入って」

彼女は鍵を開けて、わたしを中に招き入れた。家にまで入るつもりはなかったが、たくさんある荷物を玄関先で渡すのも妙だ。

「おじゃましまーす」

一応、声をかけて靴を脱ぐ。他に誰かいないのだろうか。

「ああ、わたしだけだから、気にしなくていいよ」

確かに玄関先には、彼女のビーチサンダルと、同じサイズの女物のスニーカーがあるだけだ。

「ひとりで、ここを借りているんですか？」

一階は広めのキッチンとリビング。二階が寝室だろう。

「そう。今、お茶を入れるから、待っててね」

「おかまいなく」

そうは言ったが、好奇心を抑えられない。

「旅行？」

「ううん、ワーケーションってやつ。仕事はテレワークだし、東京にいても意味ないからこっちきちゃった。あなたも沖縄の人じゃないでしょ。旅行？」

わたしは首を横に振る。

「わたしはコールセンターの仕事。寮がこの近くにあるの」

彼女は少し驚いた顔になった。手を洗ってからペットボトルのさんぴん茶を、グラスに注いで、氷を入れて、出してくれる。

ワーケーションなんて、去年まではほとんど聞かなかったことばだが、今年になって急に脚光を浴びた。ワークとバケーションを合わせた造語で、リゾート地や、旅行先で仕事をすることらしい。

このことばをはじめて聞いたときは、わたしの仕事こそワーケーションそのものじゃないかと思ったのだった。

今となっては、そんな優雅な働き方ができる彼女が、うらやましくて仕方ない。

「寮にいるってことは、実家は？」

「東京だけど、一人暮らしをやめて、実家に戻ったら、なんだか居場所がなくて……三カ月だけこっちきて働くことにしたの」

「へえ……これまで仕事はなにしていたの？」

「海外旅行の添乗員」

彼女は、一瞬で、事情を理解した顔になった。

たしかに、説明は楽である。海外旅行添乗員だったと言うだけで、今仕事がなくて困っていることはあえて言わなくても伝わる。

冷たいさんぴん茶は、とても美味《おい》しかった。彼女の荷物をエコバッグから出しながら、わたしはコテージを見回した。

海に面した大きな掃き出し窓のあるリビングには、五人くらい座れそうなソファセットがある。テラスにはバーベキューテーブルもあった。

友達と、こんなコテージで休暇を過ごせたら、どんなに楽しいだろう。もしくは、彼女みたいに仕事しながらでも、うらやましいことには変わりない。

わたしの寮の部屋からは、隣の建物の壁しか見えない。

たぶん、千雪がイメージする南の島も、こういう環境なのだろう。間違っても、わたしの寮ではない。

「でもさ。添乗員さんってことは、英語、ぺらぺらなんだよね。だったら他にも仕事あるんじゃないの？」

「ぺらぺらかどうかはわかんないけどね」

よく外国語を勉強していると言うと、「じゃあぺらぺらなんだ」と言われることがあるけれど、その「ぺらぺら」がなにを指しているのか、いつもわからない。

気軽な会話や難しすぎない交渉ならできるけれど、文学作品を読もうと思うと、辞書は必要だし、ネイティブ同士の会話にはついていけないことも多い。ニュースや映画だって、すべてを聞き取れるわけではない。

言いたいことがうまく言えないことだって、しょっちゅうで、躓《つまず》きながらいつもやっている。

海外旅行の添乗員として、観光業の人たちとやりとりすることはできるが、たとえば他のビジネスで、ネイティブに混じってシビアな交渉ができるかと言ったら、あまり自信はない。外国語ができると、多少は就職に有利かもしれないが、それだけで働き先が見つかるわけではないだろう。

「でも、三カ月経《た》ったら、東京に帰るんだ……」

「うん、三カ月の契約だし、お弁当ばかりの食事も今は平気でも、長くなるとしんどいし」

彼女は顔をしかめた。

「ええーっ、お弁当ばかりなの？　それは寂しい。沖縄にはおいしいものがたくさんあるのに……」

「まあ、そうだけど、この状況では外食もあんまりできないし、寮の部屋にはキッチンもないしねえ」

「そうだ！」

彼女はなにかを思いついたように、手を打って、冷蔵庫を開けた。

「石垣牛《いしがきぎゅう》をもらったから、食べないといけないんだよね。よかったら、荷物持ってくれたお礼に、うちでバーベキューしようよ」

「石垣牛？」

「そう、食べたことある？」

「ない……」

このご時世、よく知らない人と一緒に食事していいのだろうかと考えたが、温かい食事はしばらくご無沙汰だし、銘柄牛なんて、東京にいても簡単には食べられない。魅惑的なお誘いだ。

「でも……悪いよ。ただ荷物を持っただけなのに」

「いいのいいの。今はレストランにも卸せなくて値崩れしているんだって。わたしも、ひとりでバーベキューする気にならないし、どうしようかなと思ってたの」

だったらごちそうになってもいいのだろうか。

「こういう時期だから無理には誘わないけど、わたしももう二週間以上、人と食事なんかしてないし、家でひとりで食事するのは侘びしくてさ……。どう？」

大人数で宴会をするわけではないし、確かにふたりで肉を焼いて食べるだけなら気をつければ大丈夫かもしれない。わたしも沖縄にきてから、食事はいつもひとりだ。

なによりも肉の誘惑は大きかった。少しくらい、羽を伸ばしたい気持ちもある。わたしは思い切って言った。

「じゃあ、おことばに甘えて……」


「自分の飲み物だけ買ってきてね」

美鈴《みすず》という名前の彼女はそう言った。わたしは、もう一度コンビニまで足を伸ばし、ビールを二本買った。

財政状況を考えて、発泡酒にしようかと悩んだが、石垣牛を食べる機会なんて、次にいつ訪れるかわからない。ビールくらい買ってもいいような気がした。

だが、寮の自分の部屋に戻ってくると、急にさっきまで夢を見ていたような気持ちになる。

ほいほいと石垣牛に釣られて出かけると、タヌキに化かされて、道端で美味しい美味しいと泥団子を食べることになるとか、それとも、もっと現実的な話だと、知らない男性がいて、不快な思いをするようなことがないとは限らない。

悩んだが、約束したのだから行くほかはない。念のために、インターネットで検索して、沖縄には野生の狐《きつね》もタヌキも生息していないことは確かめた。

約束の五時に到着するように、寮を出た。白いコテージなど見つからないのではないかと少し思ったが、覚えている道を行くと、コテージの前に出た。

テラスから美鈴が手を振る。

「いらっしゃーい。鍵開いてるから入っちゃって」

玄関には、彼女の靴しかない。恐れていたようなことはなさそうだ。

彼女はバーベキューコンロの準備をしていた。

「飲み物、冷蔵庫に冷やしてていいよ」

そう言われたので、ビールを冷やす。中にはさんぴん茶とコーラしか入っていなかったから、どうやら美鈴は下戸のようだ。

「なんか手伝おうか？」

一応、そう言ったが、相変わらず料理はほとんどできない。自信を持ってできるのは、力仕事くらいだ。

「いいのいいの。後は焼くだけだから」

彼女はコンロの温度を手で確かめながら、そう言った。テラスに出てみると、にんじんやピーマンはすでに切ってあった。サシの入った牛肉も、ふたりで食べきれないくらいある。

「言っておくけど、リブロースとかサーロインとか、そんな高級部位じゃないからね」

「でも、おいしそうだよ」

「うん、すごくおいしいよ。飼料にも気を遣ってて、普通の牛よりも長い期間育ててるんだよ」

石垣牛が黒毛和牛だということは、検索して知った。そもそも、黒毛和牛すら食べたことがないように思う。

美鈴は、網を置いて、上にトングで牛肉をのせた。どこか甘いような香りがするのは、脂のせいだろうか。

「よく焼く派？」

「レアで」

「おっ、通だ！」

実家ではステーキなどほとんど食べなかったが、留学中に味を覚えてしまった。もっともアルゼンチンの牛肉は赤身で、和牛のようには柔らかくない。美味しいが顎が鍛えられる肉だ。

彼女はわたしの皿に、さっと焼いた肉を置いてくれた。

「塩でも、タレでもお好きなように食べて」

わたしはビールを開けて、一口飲んでから、塩を少しつけて肉を食べた。分厚く切られていたのに、箸でちぎれるくらい柔らかく、口の中で溶けてなくなるようだった。

「おいしい……こんなの食べたことない」

旨《うま》みはしっかりあるのに、獣を食べたような感じがまったく残らない。ただ、美味しい幻を食べたようだ。

これまで、サシが入った肉は、脂の美味しさだけなのではないかと思っていたが、部位が赤身のせいか、脂が過剰な感じもない。ただただ、口の中が幸せだ。

「美味しそうに食べてくれると、ごちそうしがいがあるよね」

美鈴は含み笑いをした。

こんな美味しいものが食べられるのなら、彼女がタヌキだってかまわない。

交代で焼きながら、肉をたくさん食べた。黄色い島にんじんや、小ぶりなピーマンなども焼いて食べた。

ちょうど、肉を焼き終わった頃に、ぽつぽつと雨が降り始めた。わたしたちは、リビングに避難して、話を続けた。リビングが広いから、充分、距離を取って話ができる。

美鈴は、わたしの旅の話を聞きたがった。

「これまで旅に出た中でどこがいちばん、素敵だった？」

「ええ……どこも素敵だったよ。決められない」

「じゃあ、街並みがロマンティックだったのは？」

「リュブリャナ」

「それどこ？　聞いたことない」

彼女はケラケラと笑った。だれかが笑ってくれることをうれしいと感じるなんて、ひさしぶりだった。

美鈴はさっそく、スマートフォンで検索して、写真を見ている。

「本当だ。ロマンティックだ……はじめて知った」

運河に架かる橋と、丘の上の小さな城。もう一度訪れたいと思うけれど、いつのことになるだろうか。

彼女は続けて尋ねた。

「じゃあ、ごはんがおいしかったのは？」

「パリと北京かなあ。あ、意外なところでは、アイスランドもごはんがおいしかった」

「アイスランド！　氷で閉ざされた国じゃないの？」

「冬でもマイナス二度くらいだって言うから、そこまで寒くならないよ。緯度は高いけど、海流のせいであったかいんだって」

食べ物がおいしいというイメージはなかったけれど、パンやバター、ラム肉なども美味しかったし、ロブスターのスープなどは、日本人も大好きな味だろう。

「オーロラ見た？」

「見た！　きれいだった」

「いいなあ……」

彼女が心底うらやましそうにそう言った。

「旅行とか行かないの？」

「うーん、仕事が忙しかったからねえ。ほとんど行ってない」

でも、そうやって働いていたからこそ、彼女には今、仕事があり、こんな素敵な環境で働き続けることができるのだろう。

そのうち止《や》むだろうと思っていた雨は、いつの間にか本降りになっていた。

「ヤバイ。傘持ってきてない……明日返しに来るから、貸してもらえる？」

わたしがそう尋ねると、美鈴は大きなあくびをした。

「いいけど、返しに来るの面倒でしょ。明日朝には止むらしいから、泊まっていったら？」

さすがに今日会ったばかりで、それはずうずうしい気がする。

「ええ……悪いよ」

「わたしは、別にいいよ。二階、寝室がふたつあるから、ひとつは使ってないし……。帰るときに掃除だけしてくれれば」

まさか明日、朝、すべての魔法が解けて、目覚めると、道の真ん中で寝ているなんてことにはならないだろうか。

彼女は、わたしを見て、にやりと笑った。

「うち、お風呂広いよ。入っていっていいよ」

わたしは寮のユニットバスのことを思い浮かべた。バスタブは足を伸ばすこともできず、少しもリラックスできないから、毎日シャワーですませていた。

わたしは思った。彼女が魔法使いでも、狐でもタヌキでもかまうもんか。

今日だけはなにもかも忘れて楽しみたい。

夢を見た。

わたしは知らない街で迷子になっていた。地図を何度も確かめても、自分がどこにいるのかさえわからない。

見覚えのない欧風の建物、どこに続くかもわからない川、すれ違う人たちには顔がない。

心細くて、寂しくて、でもわたしは幸せだった。

知らない土地では、空気の匂いもどこか違う。不安でびくびくしているけど、それでもわたしは知らない場所に立っている。遠くにきて、自分で次の目的地を目指している。

空の色や日の差し込む角度も、どこに行っても変わらないと思っていた。違う場所に立ってはじめて、自分が先入観に囚《とら》われていることに気づくのだ。

目が覚めると、わたしはふかふかのベッドの上にいた。

寮の、ギシギシ鳴るスプリングのベッドとも、自宅のロフト型ベッドとも違う。寝心地《ねごこち》のいいベッド。包み込まれて、もう一度眠り、夢の続きを見たいと思ったときだった。

音を立ててドアが開いた。美鈴が飛び込んできた。

「ごめん。ほんと、ごめん。すぐ起きて。支度して帰ってもらえないかな」

「え……、え、うん」

「ちょっと急に人がくることになっちゃって……そのTシャツあげるから」

泊まるつもりがなかったし、パジャマの準備もしていなかったから、美鈴からTシャツを一枚借りたのだ。

「えっ、でも……」

「いいのいいの。急いで」

わたしはあわてて、荷物をまとめた。といっても、大したものは持っていない。昨日、自分で洗って干したTシャツをベランダから取り込んで、エコバッグに入れる。ブラジャーだけつけて、髪をまとめる。

「掃除もいいの？」

「大丈夫。気にしないで」

美鈴はドアを開けて、階下を覗《のぞ》いた。車が停《と》まるような音がした。

「ああ……もうきちゃう」

彼女はわたしのビーチサンダルをわたしに押しつけた。

「きた人に気づかれないように、こっそり階段を降りて、出て行ってね。わたしがリビングで引きつけておくから」

そう言うと、階段を駆け下りていく。

わたしはドアを少し開けて、下の様子を窺《うかが》った。男性の声がする。

「もしかして、男でも連れ込んでいるのか？」

「そんなわけないでしょ。昨日、友達がきてバーベキューやっただけ」

「雨だっただろうが」

「雨が降る前に。あとはリビングでおしゃべりして帰ったよ。友達に会うのもダメなの？」

「男か？」

「だから女の子だって！」

リビングのドアが閉まって、声があまり聞こえなくなる。わたしはこっそり階段を降りた。

なんだか穏やかではない。彼女の夫か、恋人だろうか。浮気を疑われているなら、わたしが出て行った方がいいのではないかと思うが、美鈴が帰ってほしいと言うなら、帰った方がいいのだろう。

混乱しながら、ビーチサンダルを履き、玄関のドアをそっと開けて出る。

音を立てないように、細心の注意を払って、ドアを閉めた。ようやく息がつける。

美鈴は大丈夫だろうか。気になって、振り返るが、事情もわからないのに勝手に割って入るわけにはいかない。

スマートフォンで時間を確認すると、朝の八時だった。今度、様子をもう一度見にこよう。

そう思いながら、わたしはコテージから立ち去った。


その翌日、仕事を終えると、わたしは寮に帰らずにそのまま美鈴のコテージへと向かった。

急に帰ることになったせいで、SNSのアカウントも、携帯番号も聞いていない。お礼を言わないまま、これっきりになってしまうのも気がかりだったし、泊めてもらった部屋の掃除もしないで出てきてしまった。

時間は十八時、東京なら日が暮れている時間だが、こちらはまだ明るい。

そういえば、旅に出る前は、どこの土地でも同じ時間に日が昇り、沈むような気がしていた。もちろん、理科の授業で経度や緯度によって日没時間が違うことは勉強していたけど、それでも実際に体験するまでは、紙の上の話だと感じてしまっていた。

そして、海外に出て、その国、その土地によって日没時間が違うことを知ってからも、日本国内ならば同じなのではないかと思っていた。

たぶん、それも東京に住む人間の驕《おご》りなのだろう。

桜は三月の終わりに咲き、寒くなるのはだいたい十一月半ばくらいからで、真夏でも十九時には日が暮れる。

そうではない場所のことは知らなくても生活していける。沖縄が抱える問題も、知識では知っていたけど、どこか他人事のように考えていた。

たぶん、よその土地を訪れるということは、その土地のことが完全な他人事でなくなるということなのだ。

知っている人の話を聞くように耳を傾け、友達のことのように心配する。住む人とは違うとしても、訪れる前とは確実になにかが変わる。

わたしは旅をすることで、自分がなにも知らないということを教わっている。

昔憧れていた宮城さんが、アイスランドで言っていたことを思い出す。

自分は殻に包まれた卵で、転がって、ヒビだらけになりながら旅を続けている。殻の外の世界には本当に関わることはできない。そう彼女は言っていて、その気持ちはよくわかる。

でも、ヒビが入らなきゃ、外に飛び出すこともできないのではないだろうか。関わることはできなくても、わたしの殻にヒビを入れたのは、間違いなく外の世界だ。

そう考えてためいきが出る。

次に旅に出られるのはいつだろう。あまりにも遠すぎて、悲しくなってしまう。

宮城さんは無事に不妊治療が成功し、今、妊娠中だという。ときどき、メールで連絡を取っている。

「こんな時期に妊娠して、不安もあるけど、でも、これからのことを楽しむつもり。自分で決めたことだからね」

最後のメールにはそう書いてあった。

自分で決めたこと。そう言い切るには、わたしは今、少し疲れている。でも、いつかそう言える日のための、そのことばは胸に抱いておこうと思っている。

コテージの前にきたわたしは、かすかな違和感を覚えた。なにか景色が変わっている気がする。

あたりを見回して気づいた。門の前に大きなプレートが貼られているのだ。

「物件販売中」

その下に不動産会社らしき電話番号がある。土曜日にきたときは、こんなものなかった。

もちろん、貸しコテージと言っていたから、売りに出されていても不思議はないのだが、美鈴はまだしばらくここにいると言っていた。

インターフォンを押すが、返事はない。

わたしは海に面したテラスの方にまわってみた。

カーテンは開いていて、中がよく見える。誰もいないが、がらんとして見えるのはそのせいだけではない。先日は、美鈴の服や、持ち物があちこちに置かれていた。読みかけの本や、タブレット端末やヨガマットなどがあったのに、今日はなにもない。

美しいインテリアが、よそよそしい顔をしているだけだ。

わたしはぽかんと口を開けたまま、室内を眺めていた。

急に帰らなければならないようなことがあったのだろうか。

なんだか、また狐につままれたような気持ちになってしまう。幻覚剤で、夢でも見せられたかのようだ。

わたしはしばらくコテージの庭に佇《たたず》んでいた。暗くなっても、コテージには明かりすらつかなかった。

千雪に連絡をしたのは、その話を誰かに聞いてもらいたかったからだ。

いや、誰かではない。千雪に聞いてもらいたかった。彼女はどんな突拍子もない話でも疑ったりしないし、訳知り顔でアドバイスをしてくるようなこともない。今になって、それが彼女の優しさだったと気づいた。

沖縄で働いているというメッセージを送ると、すぐに返事がきた。

「そうなの？　全然知らなかった。元気にしてる？　仕事大変じゃない？」

「わたしの方はそんなに大変じゃない。寮の部屋が狭いから気が滅入《めい》るけど、そのくらいかなあ。海が近くにあるし、散歩も楽しい。千雪の方がずっと大変でしょ」

「うーん、まあ大変だし、同僚もこれが収まったら辞めようかと言っている人も多いけどね……でも、もうちょっと頑張ってみるつもり」

ぎゅっと胸が痛くなる。今、いちばん必要とされている仕事をしている人たちが、辞めたいと考えるような状況にいるのはおかしいと思う。だが、それをどうやって変えていけばいいのかがわからない。

「ね、遥の寮ってＷｉ－Ｆｉある？　もし回線が弱くなかったら、リモート飲み会しない？」

「したい！　回線は大丈夫」

話はすぐにまとまり、十分後にあらためて、オンラインで繋《つな》がることにする。

夕食のお弁当はもう食べ終えていたが、せっかくなので、買い置きのポテトチップスを開けて、発泡酒を飲むことにする。

スマートフォンの小さな画面に、千雪の顔が映る。少し粗い画面で彼女が手を振った。彼女の方はパソコンからアクセスしているようだ。

「遥、会いたかったよう！」

「わたしも……」

仕事を頑張っている千雪がまぶしくて、劣等感を覚えていたけど、そんな気持ちをぬぐい去ってしまえば、剝《む》き出しになるのは素直に「会いたかった」という気持ちだ。涙が出そうになる。

互いの近況を報告し合い、共通の友達の話をし、千雪の好きなアイドルの話を聞いた後、わたしはおそるおそる切り出した。

「実はさ……こっちで不思議な出来事があってね」

「なになに、聞きたい！」

買い物を運ぶのを手伝ったのをきっかけに、沖縄でワーケーションしている美鈴という女の子と知り合いになったこと。彼女にバーベキューに誘われて、石垣牛を食べさせてもらい、コテージに一泊したこと。翌朝、急いで帰るように言われ、その翌日には彼女の姿はなくコテージが売りに出されていたということ。

それからも何度か行ってみたが、コテージには誰もいなかった。

千雪は口を挟まずに、わたしが話し終えるまで聞いてくれた。

「なんかさ……狐に騙《だま》されたような気分……沖縄には狐はいないいんだけど」

「でもさ。狐でも、遥はなんにも損はしてないよね」

「うん、それはそう」

美味しい石垣牛をごちそうしてもらい、楽しくおしゃべりして、バスタブにゆっくり浸《つ》かり、ふかふかのベッドで眠った。お腹《なか》も壊していないから、石垣牛が泥団子だったということもなさそうだ。

「Tシャツももらったし……」

なにかのロゴが入った、黒いTシャツ。これがあることで、あの夜起こったことが夢でないことが確信できる。

「Tシャツ？　見せて」

わたしは荷物を入れているダンボールから、洗濯済みのTシャツを取り出した。

「白樺《しらかば》レジスタンスってなに？」

Tシャツに書いてあるロゴだ。

「なんだろ。バンドかアイドルグループかなにか？」

千雪はさっそくスマートフォンで検索している。

「劇団だって。その人、この劇団のファンだったのかな」

「そうかも……」

演劇は少しずつ再開されはじめているが、感染者が出て公演中止になったり、席を前のように詰められなかったり、大変だという話は聞く。

千雪は伸びをしながら言った。

「沖縄、行きたいなあ。最後に旅行に行ったのなんて、一年近く前だよ」

「そうだよね……」

「遥がいるうちに行きたいけど、まあ無理だよね」

あと三カ月で、このパンデミックが収束するとは、とても思えない。

「まあ、バイトが終わったらわたしも東京帰ると思うし、そうしたら、ちょっとくらいお茶しようよ。もしくは、沖縄に旅行においでよ。わたしも全然観光してないし、美味しいものも食べに行っていない」

コンビニのスパムおむすびや、ブルーシールアイスクリームなんかはしょっちゅう食べるけど、沖縄そばさえ、食べに行っていない。那覇市内にだって、たまにしか出ない。

「本当！　約束だよ。絶対行こうね」

そろそろ時間も遅い。わたしはいいが、千雪は少し眠そうな顔になっている。毎日、くたくたになるまで働いているのだろう。

「大丈夫？　眠くない？」

そう尋ねると、千雪は笑った。

「うん、ちょっとね。そろそろ休もうかな。話せてうれしかった」

「わたしも！　帰ったら連絡するね」

「うん、一緒に旅行行こうね」

千雪を避け続けていたことを思い出して、胸が痛む。それでもこうやって話せたことで、自分の心のこわばりも溶けていく気がした。

「おいしい店とか、よさそうなホテルとか調べておく」

「やったー。絶対だよ。わたし、それを楽しみに仕事頑張るからね」

その気持ちはわかる。旅にはそういう力がある。


それから二週間経った、日曜日のことだった。

わたしはひさしぶりに、バスに乗って那覇市内に出た。市内の感染者も多かったから、あまり出かける気にはなれなかったのだが、母親から電話がかかってきたのだ。

「お世話になった人に、泡盛を送ってもらいたいんだけど、できる？」

まあ、そのくらいなら簡単だ。休日は読書と散歩しかしていない。

泡盛にはくわしくないが、専門店に行けばいいものを教えてもらえるだろう。ちょうど千雪にもアイスクリームを送ろうかと思っていたところだ。

マスクをして買い物するくらいなら大丈夫だろう。

普段、人の少ないところで生活していると、繁華街の人混みを少し怖いと感じる。東京で生まれ育ったのに、人は簡単に環境に慣れるものだ。

沖縄は県内の人口こそ多くはないが、那覇中心部の人通りに限れば、東京と大差ない。これも、こちらにくるまで知らなかったことだ。

ネットで調べた泡盛専門店に行って、美味しいものを選んでもらい、母に頼まれた住所に発送する。その後、沖縄で有名なアイスクリームを、千雪のウィークリーマンションに送ってもらった。

その頃には、人混みに戸惑う感覚もかなり薄れてきたので、有名な市場に出かけてみることにする。

おかずは日替わりで、栄養バランスもそれなりに考えられているとはいえ、冷たいごはんとお弁当にすっかり飽きてしまった。ひとりで食べるなら、心配は少ないだろう。

去年までは、古くて風情のある市場だったが、老朽化のために立て替え中で、今は仮の施設で営業しているという話は聞いた。

それでも一階で買ったものを、二階で食べられるというシステムは継続していて、観光客たちに人気だということは知っている。

午後二時を過ぎているから、ランチのピークは終わっているだろう。

スマートフォンで地図を確かめ、市場に向かって歩き出したときだった。

小さな青果店があった。店頭に籠に入れた野菜が置いてあり、手書きの値段がついている。

子供の頃から、近所にあるのはスーパーマーケットだけで、こんな青果店にはあまり馴染《なじ》みはない。

旅行に行った先や、出かけた先の商店街で見かけることはあっても、そういうところで野菜や果物を買うことは少ない。

だが、籠に積まれたトマトが、あまりに瑞々《みずみず》しくておいしそうだった。トマトなら、部屋で丸かじりすることだってできる。

「すみませーん」

そう呼びかけると、中から女の子が出てきた。その顔を見て、わたしは目を見張った。

美鈴だった。彼女も、目を見開いて身体を強《こわ》ばらせている。

「あ……えっと……」

戸惑っていると、美鈴が口を開いた。

「なんにしましょう」

「えーと、トマト……」

「一籠でいい？」

わたしは頷《うなず》いた。お金を払ってエコバッグに入れてもらうと、美鈴が笑った。

「前もエコバッグにわたしが落としたもの、入れてもらったよね」

「あ……うん」

「時間ある？」

そう聞かれて、わたしは頷いた。美鈴は、店の中に呼びかけた。

「おばさん、友達がきたから、休憩もらっていい？」

店の奥から丸顔の優しそうな人が出てくる。

「あら、そう。じゃあ今日はもうあがっていいよ。頑張ってくれたし」

「やったー！」

彼女は、そう言って奥に引っ込み、エプロンを外して鞄《かばん》を持って出てきた。

「明日もまたお願いね」

「はーい。じゃあお先です」

店の人と挨拶をして、彼女は外に出てきた。

「お昼食べた？」

わたしは首を横に振る。

「じゃあ、食べに行こう。おいしいハンバーガーの店、知ってるから」

ふたりで並んで歩いた。美鈴はわたしの顔を見ずに言った。

「嘘《うそ》ついてごめんね」

「嘘……？」

「うん、ワーケーションとか言ったのも、嘘。まあ夏までは東京にいたんだけど、それでももともとこっちの人間だし、ただ帰ってきただけ」

「そうなんだ……」

どうして、嘘をついたのかと聞くのはためらわれた。わたしは彼女の嘘で傷つけられたわけではない。問い詰めることは、彼女の柔らかい部分に触れてしまうような気がした。

「あのコテージに行ってみたんだけど、売りに出されているみたいだったね」

「うん、あそこは兄貴のものなの。那覇でレストランやってるんだけど、そこがけっこう繁盛したから、これからは民泊の時代だって、張り切ってローンで買ったの。去年はかなり稼働したらしいんだけど、今年はさっぱり。レストランの方も、いろいろ大変だし、ローンを払うのも大変だから、売ることにしたんだって。まあ、すぐに売れるかどうかわかんないけどね」

アメリカンスタイルの店の前で、美鈴は足を止めた。ここがハンバーガーレストランらしい。

テラス席が空いているから、そこに座ることにする。

「両親は、石垣島でオジイとオバアと住んでる。オジイもオバアも元気だけど、やっぱり高齢だからさ。東京から実家に直行するのも心配だし、あのコテージの管理と掃除するということで、しばらく滞在していただけ」

彼女はわたしの胸を指さした。

「そのTシャツ、着てくれているんだ」

わたしが着ていたのは、彼女からもらった「白樺レジスタンス」と書かれたTシャツだった。

「あ、うん。着心地いいから」

もともとあまりファッションにこだわりはない方だ。楽であればいいと思ってしまうし、このTシャツは肌触りもよく、洗ってすぐ乾くことも気に入っていた。

「劇団のTシャツなんだね」

そう言うと、彼女は少し寂しそうに笑った。

「そう。わたし、その劇団にいたの」


美鈴は役者になりたくて、沖縄を出たのだという。

演劇学科のある大学に通い、卒業して、劇団のオーディションを受けた。憧れの劇団に所属してたった一年で、パンデミックがやってきた。

半年以上準備していた公演が中止になったことで、劇団は経済的な打撃を受け、活動を続けられなくなった。それだけではない。生活費を稼いでいた飲食店も休業し、収入がなくなった美鈴は、東京で生活できなくなり、沖縄に帰ってきた。

「遥をいちばん最初に見かけたとき、『あ、東京の子だ』と思った」

そのことばにわたしは驚く。

「どうしてわかったの?」

わたしは全然おしゃれじゃないし、垢抜けてもいない。美鈴とわたし、二人並んでどっちが都会っぽいかと言えば、確実に美鈴の方だろう。

「だって、そのエコバッグ、東京のスーパーマーケットのじゃない」

彼女はわたしのエコバッグを指さした。

そんなこと考えもしなかった。ただ、生活圏のスーパーマーケットだから、エコバッグを買い、使い慣れているから沖縄に持ってきただけだった。このスーパーが、東京にしか出店してないことすら意識していなかった。

「わたしだって、東京にいたかったし、もし東京に生まれて育ってたら、コロナ禍だって東京にいられた。そう思ったら、すごくうらやましくなっちゃって、あんな嘘ついてた。あのときは、仲良くなるなんて思ってなかったし」

きゅっと胸が痛くなる。わたしはあのとき、美鈴のことがうらやましくて仕方なかったけれど、彼女も同じように思っていたなんて気づかなかった。

「役者だったら、なりきるのもお手のものだよね」

そう言うと、美鈴は顔をしかめた。

「だから、ごめんって」

「ううん、別に怒ってないよ」

わたしも、千雪と距離を置いた。アルバイトで沖縄にきていることを打ち明けるのにも時間がかかった。居場所のある彼女がうらやましかったからだ。

「でもさ、すぐに後悔した。嘘ついてしまうと、わたしの本当の悩みや不安を打ち明けられないんだな、と気づいてしまったから」

仕事がなくなったという点では、わたしと彼女は同じような境遇だ。違うのは、わたしは実家から距離を置きたくて沖縄にきて、彼女は東京にいたいのに、沖縄に帰るしかなかったということだ。

もし、東京で出会っていれば、彼女が東京生まれのわたしをうらやましいと感じることはなかったのだろうか。その感情がゼロになることはなくても、今よりは少なかったはずだ。

わたしが仕事を続けていれば、千雪に劣等感を感じることがなかったように。

そう、わたしたちは分断され続けている。本当は分断される必要などなく、同じ痛みを抱えているのに。

「あの青果店は、親戚のおばさんがやってるんだけど、しばらくはあそこで働くことにした」

「優しそうな人だったね」

美鈴は頷いた。

「石垣島には帰らないの？」

「こっちで仕事が見つかったからね。家族がやってる民宿も、今はなかなか大変だし……まあ、今度の休みはちょっと家族の顔見てくるつもり」

「実家は民宿なんだ。営業してるの？」

「うん、まだ国内はお客さんいるからね」

「石垣牛もその関係で？」

「うん、そう。ドタキャンがあって、使い切れなくなった分を送ってもらったの。あんなにおいしいのにね」

よい牛を育てて、それを肉にするまでどれほどの苦労があるのか。わたしには想像できない。

注文していたハンバーガーが運ばれてくる。分厚いパテが挟まれている本格的なハンバーガーだ。

ふいにあることがひらめいた。まだ形にできるかどうかはわからない。だが、美鈴と一緒なら。

わたしは身を乗り出して美鈴に言った。

「協力してほしいことがあるんだけど！」

彼女はハンバーガーを頬張ったまま、目を丸くした。


沖縄の北部、美しいフクギ並木の通りにわたしは立っていた。

画面に向かって話しかける。

「千雪見てる？」

すぐにチャットが入ってくる。

「見てるよ！　すごくきれいだね」

文字なのに、彼女の声までが聞こえてくる気がする。

「これからフクギ並木を歩いて、海まで出ます。最高の天気です！」

真っ青な空と、暑すぎず、ちょうどいい気温。リハーサルをして、ポケットＷｉ－Ｆｉがちゃんと繋がることも確かめた。

自撮り棒を使って、画面がぶれないようにしながら、ゆっくりと並木道を歩く。画面を見ている人が、一緒に旅をしている気分になれるように。

海に出ると、チャット画面に何人もの書き込みがあった。

動画配信の向こう側にいるのは、千雪だけではない。彼女の同僚の看護師さんたちだ。

なかなか旅に出られない人たちに向けて、沖縄の美しい景色をリモートでプレゼントすることにしたのだ。

希望者には、石垣牛や、沖縄の果物などもこちらから送るオプションつきだ。あとで、美鈴がドラゴンフルーツのおいしい食べ方を教えてくれることになっている。

「じゃあ、次は竹富島《たけとみじま》に動画を切り替えますね」

設定を変えて、美鈴にバトンタッチする。

画面にいきなり、真っ青な海が映った。美鈴が手を振っている。

「こちら竹富島です。今日は天気も最高です」

彼女が映したテーブルには、シークワーサーのカクテル。沖縄本島よりも、まだなお青くて美しい海。わたしも行きたくなってしまう。

バイトが終わる頃、感染が落ち着いていれば、竹富島まで足を延ばしてもいいかもしれない。

「これから水牛車に乗ります。牛の名前は、ハナコだそうです」

美鈴はさすが俳優だけあって、話し方と見せ方がうまい。わたしも負けてはいられない。

もちろん、これがすぐに仕事になるとは思っていない。でも、オンラインならどんな遠くとも繋がれる。南米の人に日本を紹介することだってできるし、その逆だってできる。

そして、パンデミックが収まり、前のように旅に出られるようになったとき、そこに行きたいと思ってくれればうれしい。

世界は遠くて、思うようにならなくて、わたしたちは離ればなれのままだけれど、それでも気持ちだけは繋がっていたい。もしくは、繋がれると信じたい。

わたしは自分で選んで今、ここにいる。

水牛車の上で、美鈴が最高の顔で笑っている。

初出　Ｗｅｂジェイ・ノベル
「たまごの旅人」　二〇二〇年七月十四日・八月十一日　配信
「ドラゴンの見る夢」　二〇二〇年九月十五日・十月十三日　配信
「パリ症候群」　二〇二〇年十一月十七日・十二月十五日　配信
「北京の椅子」　二〇二一年一月二十六日・二月二十三日　配信
「沖縄のキツネ」　二〇二一年三月三十日・四月二十日　配信

単行本化にあたり加筆・修正をしました。

編集協力　村田潤子

［著者略歴］
近藤史恵（こんどう・ふみえ）
1969年大阪市生まれ。大阪芸術大学文芸学科卒業。93年『凍える島』で第４回鮎川哲也賞を受賞しデビュー。2008年自転車ロードレースを描いた『サクリファイス』で第10回大藪春彦賞、本屋大賞第2位に輝く。〈ビストロ・パ・マル〉〈猿若町捕物帳〉〈清掃人探偵・キリコ〉シリーズをはじめ、長く愛読されている作品が多い。旅をテーマにした著書に、第13回エキナカ書店大賞受賞作『スーツケースの半分は』がある。近著に『歌舞伎座の怪紳士』『夜の向こうの蛹たち』。

たまごの旅人《たびびと》

2021年８月５日　初版第１刷発行
2021年10月１日　初版第２刷発行

著　者／近藤史恵
発行者／岩野裕一
発行所／株式会社実業之日本社
〒107-0062
東京都港区南青山5-4-30　CoSTUME NATIONAL Aoyama Complex 2F
電話（編集）03-6809-0473　（販売）03-6809-0495
https://www.j-n.co.jp/
小社のプライバシー・ポリシーは上記ホームページをご覧ください。

ＤＴＰ／ラッシュ
印刷所／大日本印刷株式会社
製本所／大日本印刷株式会社

ISBN978-4-408-53785-6（第二文芸）